Exemplaire avec de nombreuses notes Mss. de Lenglet du Fresnoy et quelques unes de Marais fils

A

Ab
A
Abbe
Abda
Abel
Aber
Abla
Abra
Abus
Acad
Acad
Acad
Acco
Achil
Achil
Achil
Acine
Tor
Acuñ

TABLE

ALPHABETIQUE

DE LA BIBLIOTHEQUE

DES ROMANS,

A

Abbattutis (*Giovan. Alesio de*) — — 309

A BBAYE des Conards ou Cornards, 324

Abbé en belle humeur, 265   *abbé de choisi* 103

Abbé à sa Toilette, ibid.

Abdalla , ses Avantures, 285

Abelard & Heloïse , leur Histoire, 75   *Abon-Musfu* 123

Abencerrages y Zegries , 214

Ablancourt , 11

Abramulé de le Noble , 123

Abusé en Cour , 237. 239

Academie des Dames , ou l'Alosia , 320, 321

Academie galante , 147

Academici incogniti , 308   *Accidents heroïchi* 12

Accouchées , leurs caquets, 324   *Accidenti di Clora-*

Achille de Numidie , 129   *mindo* 331.

Achilles Tatius , &7

Achilles Prince de Tours , 127

Acmet Coprogli Grand Visir , 124

Acenio enamorado 26

Acuña (*Hernando de*) — — — — 213

Tome II.

TABLE.

Adam de S. Victor, son Mariale, 156

Adam, sa vie, par Loredano, 155, 156

Adamite, Jesuite insensible, 267

Adelaïde de Bourgogne, 76

Adelaïde de Champagne, *ibid.*

Adelaïde de Messine, 113

Adenès, 232, *bis* 233

Admiral de Coligni, sa vie, par des Courtilz, 88

Adorno (Jacinto) 164

Aelles (Roman des) 230

Aeneas Sylvius, 109, 110, 16

Agathe & Lucie de du Bellay, 165

Agathon & Tryphine, 113

Agathonice Princesse, 56

Agathonphile de du Bellay, 165

Agiathis Reine de Sparte, 64

Agnès de Bourgogne, 76

Agnès de Castro, 108

Agravains, Roman, 239

Agreda (Marie d') 156, 157

Agreda (Diego) 7, 132

Agrémens & chagrins du Mariage, 57

Agricoletti (F.) 104

Agrippina minore, 73

Aguirre del Pozo (Matthias) 134

Aïol & Mirabel, 239

Aimery de Beaulande, *ibid.*

Alamanni (Luigi) 178

Alarçon (Andrès Roxas de) 24

Albergo, Favole del Bisaccioni, 29

Alberoni Cardinal, son Histoire, 107

Alberti (Leoph. Batt.) 28, 3

Alcala y Herrera (Alonzo de) 135

Alcandre le Grand, ses Conquêtes, 86

Alcibiade Fanciuolo, 36

Alcidalis & Zelide de Voiture, 140

Alcidamie,

Alcidalis u pTa Apar Voiture 140.

Alcidamie, 53 12, 54

Alcide, 51

Alcidiane de Gomberville, 62

Alcime de du Bellay, 165

Alcine Princesse de Perse, 127

Alcinois (le Comte d') 314

Alcrippe (Philippe d') *ibid.*

Alderique, 213

Aldimiro, 31

Alector, ou le Cocq, Histoire fabuleuse, 335

Aleman (Mattheo) 162, 163

Alessandro magno & Rossana, 69

Alexandre & Cligés, 227

Alexandre le Grand , 69. 219, 220

Alexandre le Grand , traduit du Latin par Lambert Licors, 229 , par Alexandre de Bernay ou Paris, *ibid.*

Alexandre (Vengeance d') 229

Alexandre de Bernay ou Paris, *ibid.*

Alexandre & Isabelle, 46

Alexandre Castriot, 126

Alexandri Magni , Historia fabulosa, 228

Alexis de du Bellay, 165

Alfarache (Guzman de) 162, 163

Alguasil burlesque, 326

Alibray (le Sieur d') 323

Alinda , 46

Alivio de Caminantes, 130

Alivio de la Muerte, 129, 130

Alix de France, 76

Allard Président, 123

Allatius (Leon) Symmicta, 156

Almacheu (Le Marquis de) 102

Almahide de Scuderi , 66

Almanzaïde , Nouvelle, 145

Almanzor , sa Vie, 126

Q 2   A'me-

TABLE.

Almerinda, 31
Aloisia Sigæa, 320, 321
Alonzo, Moço de Muchos, 334
Aloph de du Belley, 165
Alphonse, Roman. 239
Altomiro, 31
Alvar del Sol, 112, 126
Amadeo Siciliano (Giulio Philoteo di) 217
Amadigi Italiano, 205
Amadis de Gaula, en Espagnol, 195, &c.
Amadis de Grecia, en Espagnol, 198
Amadis, en Italien, 204, &c.
Amadis, en François, 206, &c.
Amadis de Marcassus, 209
Amans cloîtrez, 152
Amans fortunez de P. Boistuau. 310
Amans jaloux, 47
Amans heureux & malheureux, 59
Amans de Sienne, 110
Amans trompez, 58
Amans volages, 312
Amans (Roman des deux) 238
Amant fidele, 150
Amant libéral, du Sieur de Castri, 151
Amant oisif, en 50 Nouvelles Espagnoles, 144
Amant parjure, 56,
Amant raisonnable, 143
Amant ressuscité, 38, 140
Amante artificieuse, 151
Amante fidele, 58, 60, 153
Amarante, Triomphe de l'amitié, 154
Amanzolide, ou Ambassadeur de Perse, 128
Amatunta di Canale, 35
Amazones de Chassepol, 70
Amazonide di Boccaccio, 297
Ambassadeur de Perse, 128
Ambigu

TABLE

Ambigu d'Auteuil,	153
Ambitieuse grenadine,	106
Ambitione calpestata,	32
Amboise (Comte d').	78
Amelinte,	48
Amenophis de Lybie,	129
Ameto di Boccaccio,	293, 294
Amilcare di Cipri,	217
Amin (Haben)	214
Amindorix & Celanire,	74
Amiot (Jacq.)	5, 9
Amiral de Coligni,	88
Amitié singuliere,	96
Amitiez malheureuses,	69
Amor enamorado,	25
Amore di Carlo Gonzaga,	111
Amore di Trolio & Griseida,	217
Amores de Juan Boscan,	136, 326
de Felides y Poliandria,	333
Amorosa Clarice,	31
Amorosa Vissione di Boccaccio,	297
Amosis, Prince Egyptien,	68
Amours d'Achante,	49
Amours d'Aminthe & de Philinde,	48
d'Anne d'Autriche,	84
d'Antiochus,	70
d'Arcan & de Belise,	60
d'Armide,	44
d'Archidiane,	50
Avantureux,	ibid.
d'Arcan,	60
du Duc d'Arione,	58
d'Aristandre,	51
d'Armide,	44
du Comte d'Artois,	240
de la Beauté,	336
de Boufflers,	101

Q 3   de

TABLE.

Amours de Califtine,   50
     en Campagne,   57
     de Catulle,   71
     de Clarimont,   40
     de Cleandre & Domiphile,   39
     de Cleante & Belife,   100
     de Clitophon & Leucippe,   6
     de la Princeffe de Condé,   84
     de Cornelie & d'Alphonfe d'Eft,   110
     de Criniton,   39
     de Dalchmion & de Flore,   40
     des Dames Illuftres de France,   86
     de Daphnis & Chloé,   4, 5, 6
     du Dauphin & de la Comteffe du
       Roure,   88
     des Déeffes,   48
     diverfes,   41: 138
     d'Endimion,   46
     d'Efionne,   40
     efchappé en 50 Hiftoires,   143
     d'Eumenès & de Flora,   99
     de Fontange,   86
     en fureur,   142
     de Flammette,   22, 293, 294
     de Florifea,   22
     de Floris & Cleonte,   42
     fans foibleffe,   53
     de Fontange,   86
     des deux Freres,   59
     des Gaules,   85
     de Glorian & d'Ifmene,   40
     des grands hommes,   54, 69
     des grands hommes de France,   74
     d'Horace,   71
     de Grafinde,   39
     de Gregoire VII.   84
     de Henry IV. Roy de Caftille,   104

TABLE.

Amours de Henry IV. Roy de France, 82

d'Hippolite & d'Isabelle, 39

historiques des Princes, 84

de Don Jean de Carcanne, 108

d'Ismenias, 12

de Lauzun, 87

de Lisdamas, 44

de la Belle du Luc, 80

de Luzman & Arbolea, 24, 25

de Lysandre & Calixte, 51

de Mademoiselle de Montpensier, 87

de la Marquise d'Urfé, 84

du Duc de Mantoue, 111

de Messaline d'Albion, 269

à la mode, 149

de Narcisse, 48

de Nembrot, 274

du Duc de Nemours, 82

de Neron, 73

de Narcisse, 48

d'Olympe & de Birene, 41

d'Orphée & d'Amaranthe, 48

du Palais Royal, 87

de Palemon, 40

de Philindre, 51

de Phydie & de Gelasine, 38

de Pindare & Corine, 68

& Armes des Princes de Grece, 219

historiques des Princes, 84

de la Princesse de Condé, ibid.

de Psyché, 17, 18, 53

de Richelieu, Cardinal, 84

de Sainfroid, Jésuite, 267

de Theagenes & Cariclée, 8, 9, 10

de Tibulle, 71

vainqueur de la Hayne, 153

victorieux de la Fortune, 56

Q 4 Amou-

TABLE.

Amoureux tranfis fans efpoir,   259

Amoureux Africain,   127

Amphitheatre fanglant de du Bellay,   165

Amufemens de la Princeffe Athilde,   149

Anacrine,   41

Anaflarte,   204

Anaxandre, Nouvelle,   52

Anaxandre & Orafie,   48

Andronic de Hongrie,   240

Aneau (Bartholomé)   335

Anecdotes de la Ducheffe de Bar,   79, 80

       Grecques d'Aridée,   69

       Ottomanes,   123

       Perfannes,   127

       de Philippe Augufte,   75

       de Pologne,   120

       des Veftales,   70

Aneo (Barptolemy)   335

Angeleida di Valvaffone,   190

Angelica Innamorata,   *ibid.*

Angleterre, fon Hiftoire fecrette,   113

Annales de la Cour & de Paris,   101

Annales galantes de la Grece,   55

Anne d'Autriche,   84

       de Bretagne,   53, 78

       de Graville,   238

       de Montmorenci,   80

Antechrift, fon Tournoy,   232

Anti - Jofeph,   261

Anthiochus Prince de Syrie,   70, 73

Antiope,   51

Antiroman de Sorel,   44

Antitus Chapelain des Ducs de Bourgogne,   161

Antoine Roy de Portugal,   108

Antonio de Buffalis,   109

Anzuelo de las Bolfas,   135

Apollin de Tyr,   335

Apollo-

TABLE.

Apollonius de Tyr, 158
Apologie de la Connêtable Colonne, 94
Apologie pour Herodote, 264 & 265
Apotiquaire empoisonné, 327
Apotiquaire de qualité, 145
Apparences trompeuses, par Bourfaut, ibid.
Apparences trompeuses, Amours de Nemours,
82
Après-dinées de Cholieres, 315
Apprius (Prince) 321
Apulée, l'Ane d'or, 15, 16, 17, 18
Arabiæ Regina, 123
Aragona (Tullia d') 193
Aranda (Emanuel d') 137, 327
Arafpe & Simandre, 53
Arbre de Batailles d'Honoré de Bonnor, 173
Arcadia de Sannazar, 330
de Lopè de Vega, 333
in Brenta, 35
Arcadie Françoife, 138
Arcadie de Pembrock, 44, 45
Arcan & Belife, - 60
Archiducheffe Claire-Ifabelle, 118
Archombrotus Theopompus Bugnotii, 272
Aretin (Leonard) 238
Aretino (Pietro) 30, 300, 301, 302
Argenis de Barclai en Latin, 271
en Efpagnol, 272
en François, ibid. & 273
Argenis, Roman heroïque, 273
Argenis continuada, 272
Ariane de Defmarets, 49, 50
Ariofte moderne, 188
Ariofto (Lodovico) 186, 187
Ariovifte, 73
Ariftandre, Hiftoire interrompuë, 337
Ariftandre & Cleonice d'Audiguier, 51

Q 5 Ariftan-

TABLE.

Aristandre de du Bellay ,   166.
Aristée & d'Amarille de Melidor ,   45
Aristo ,   34
Aristonous , ses Avantures ,   275.
Armelle la bonne , ou Nicolas ,   170, 171
Armeno (Cristoforo)   331.
Armide , ses Amours ,   44
Arnalte & Lucenda ,   20
Arnoul & Clairemonde ,   41
Arras (Jean d')   278
Arriere - Ban amoureux ,   145
Arrivabene (Lodov.)   217
Artagnan , ses Mémoires ,   89
Artale (Giusep.)   35
Artamene ou grand Cyrus ,   66
Arte de gli Amanti ,   332.
Arte de Galanteria ,   28
Artemidoro di Teluccini ,   330.
Artemise , Reine ,   69
Artemise & Poliante ,   82
Artus d'Algarbe ,   211
Artus de Bretagne ,   174, 175. 223
Artus Roy de la Gr. Bretagne , 174 , 175 , 240 ,
                                               bis.

Ascanio Centorio ,   303.
Ascanio Pipino ,   308
Asino d'Attabalippa ,   331
Asino d'oro di Macchiavelli ,   330
Asne d'or d'Apulée ,   15 , 16 , 17 , 18
Asne d'or de Machiavel ,   330
Asserino (Luca)   31 , bis. 32 , 121 , 332
Assouci (le Sieur Coipeau d')   98 , bis. 317
Asterie ou Tamerlan ,   55 126
Astiages y Mandane ,   34
Astiagés de Remy ,   68
Astolfo Boriofo di Guazzo ,   189
Astrée d'Urfé ,   42 , 43
                                               As-

223.

317

TABLE.

Aftrée, 56
Aftrée (Nouvelle) ibid.
Athenagoras du vrai & parfait Amour, 11
Athys & Prophilias, 229
Atlantis de Me Manley, 117
Attabalippa, 331
Avantures d'Achille Prince de Tours, 127
d'Abdalla, 285
d'Achilles Prince de Numidie, 129
d'Arcan, 60
d'Ariftée & de Telafie, 61
d'Ariftonous, 275
d'Affouci, 98
de Brufalini, 110
de Buffalis, 109
de Robert Chevalier Beauchefne, 103
de Calliope, 154
Choifies, 153
du Camp de Compiegne, 95
du Siege de Conftantinople, 123
de la Cour de Perfe, 63
d ★★★, 60
du Baron de Fenefte, 261
de Floride, 39
de France & d'Efpagne du Cheva-lier de Mailli, 107
de Fum Hoam Mandarin, 285
Gallantes de le Noble, 150
Grenadines, 105
de Jules Cefar, 70
de Kemiski, 125
de Lancaftel, 118
de Leandre, 41
de Leonidas, 61, 154
& Lettres Galantes du Chevalier de Mailli, 150

Q 6   Avan-

TABLE.

Avantures de Luzman & Arbolea, 24, 25
de la Madona & S. François, 266
d'un marquis Espagnol 132
de Mirandor, 338
de Neoptoleme fils d'Achile, 276
de Philidor, 153
de Philippe Quarll, 118
de Pignata, 268
de Pomponius, 95
du Prince d'Albanie, 126
Provinciales de le Noble, 328
de Raymond de Toulouse, 220
de Robinson Crusoé, 341
de Roquelaure, 329
de Dona Ruffine, 108, 136
Secrettes, 149
Secrettes & Plaisantes, 150
singulieres de la Cour de France, 88
de Sophronisme, 275
de Sylvie de Moliere, 99
de Telemaque, 274
de Thewrdanck, 118
de Wlespiegle, 323
de Zeloïde, 285
Avanturier Hollandois, 338
Avare puni, 154. 149
Aubery (Roman d') 240
Aubert (Guillaume) 208
Aubignac (L'Abbé d') 138, 142, 170
Aubigné (Theodore Agrippa d') 261
Aubigni (le Sire d') 102. 98
Aubri le Bourguignon, 31 240
Audiguier (Henry) 10, 27, 51, *ter* 131, 132. 33
Avellaneda (Alonzo Fernandez de) 216
Aveugle redoutable, 119
Avisos de los Peligros de la Corte, 132
Aulnoy (la Comtesse d') 80, 88, 106, *ter* 280, 281
Au.

TABLE.

Auner (Hieronimo)	192
Auneuil (la Comtesse d')	151
Avost (Jerome d')	13
Aurelie , Nouvelle ,	143
Aurelio & Isabella ,	28 , 29 , bis.
Auroras de Diana ,	334
Austriana Regina , Arabiæ ,	128
Autelz (Guillaume des)	257
Auvenimenti ridicolosi ,	308 , 309
Auvenimenti di Fortunato ,	323
Axiamire , Roman Chinois ,	56
Axiane ,	51
Ayë d'Avignon ,	230
Ayllon (Diego Ximenes)	212
Aymon (les quatre Fils) Voyez , Quatre Fils Aymon.	

B

Bagneux (Madame de)	88
B A I I (le Sieur du)	49
Bains des Thermopiles ,	70
Balbuena (Bernardo de)	184. 334
Baliverneries d'Eutrapel ,	311
Balzac ,	263
Bandello (Matteo)	303 , 304
Bandos de los Zegries y Abencerrages ,	214
Banneville (le Marquis de)	154
Banquet d'Assuere ,	166
Bans & Beor , Roman ,	240
Barans , Roman ,	ibid.
Barbe des Capucins ,	266
Barbier (Mademoiselle)	60
Barbier d'Aucour ,	81
Barbon de Balzac ,	263
Barclay (Joan) 253 , 254 , 262 , 271 , 272 ,	273
Bardin , son Lycée , 170 , ses Promenades , 117	

Ba-

Barezzo, Barezzi,   26, 163, ^324

Bargagli ~~Novelli~~ (*Scipion*)   307. 308

Baril, Roman,   240

Barisel (le Chevalier au)   240

Barlaam & Josaphat,   12

Barneveldt (Mad.) ses Mémoires,   122

Baro,   43

Baron de Feneste,   261

Baron de Breteuil,   100

Barons de Bretagne,   251

Barrilt, Roman,   240

Barthius (Gaspar)   23, 24, 301, 320

Bas-Souhaits (Catherine des)   313

Basile (Giov. Batt.)   309

Bassa (l'Illustre)   65

Bassette (la)   146

Bastille, son Inquisition,   269

Bastard de Navarre,   107

Batalla entre Amor y Fidelidad,   28

Batalla de Roncevalles,   183, 187

Beaudoin Comte de Flandres,   222

Baudouin (Jean)   33, 49, 63, 126, 336

Baudot de Juilli,   105. 114. 79

Bayart (le Chevalier)   224

Beatrix de Bernal,   202

Beau Pelonois,   146

Beauchamps,   34, 75

Beauchesne Flibustier,   103

Beaucourt,   56

Beaujeu, ses Mémoires,   120

Beaux Jours de la Haye,   122

Beaulieu,   47

Becafort Hipocondriaque,   341

Bel-amour, sa Naissance,   40

Belial, en François,   155

Belianis de Grece, en Espagnol,   199, 209

Belier, Conte,   283

Be-

Benetvn d'Peunr ancien Guede de Corps
Eloge histor. de la chasse avec plus aur-
tres deponants que y sont auderez
Paris 1720, 1723 et 1734 in 12 (comples
Pag. 74

TABLE.

Beliffaire, ou le Conquérant,   65, 73

Beliffe, fes Amours,   ~~100~~

Bella (Bartolomea della)   34

Bella Cotalda,   25

Bella creanza delle donne,   257

Belle Clorinde,   154   51

Belleforeft (François de)   8, 80, 295, 304, 305

Belles Grecques,   70

Belle - Helene,   35, 226

    Hollandoife,   122

    Italienne,   287

    Juifve,   96

    Marguerite,   III

    Marquife,   *ibid.*

    Turque,   96, 125

Belle-Perche (Gaultier de)   233

Belleville (Philippe de)   225

Belphegor de Machiavel,   299

Benoift de Sainte More,   252

Benonville (Mademoifelle de)   57, 96

Beralde de Savoye,   109

Beraut (Jean)   262

Bercy (Hugues de)   231

Berenger Comte de la Marck,   119

Berenice, par Segrais,   65

Berger extravagant,   43 & 44

Berger, Gentilhomme,   151

Bergeries de Juliette,   137

Berinus & Aigres,   219, 241

Bernal (Doña Beatrix)   202

Bernard (Mademoifelle)   60, 78, 280

Bernay (Alexandre de)

Berni (Francefco)   186

Bernia,   260

Beroalde de Verville,   39, *bis*, 40, *ter*, 162, 318, 336

Beroal-

TABLE.

Beroaldi (Vincent) 29

Bersabée , 33

Bertin , en vers , 232

Bertrand du Guesclin , 194, 223, 224, 236

Beuves de Hantonne , 36, 241

Beuves & Rosiane , 241

Bible Guyot , 231

Bibliotheque Bleuë , 225, 226

Bidpay , ses Contes , 283, 284

Bigarrales de Toledo , 134. C'est je crois une faute , il faut mettre Cigarrales de Toledo.

Bigarures des Accords , 315

Bigne (Gace de la) 236

Billet perdu , 151

Billi (Jacques de) 12

Billi (Jean de) ibid.

Biondi (Giov. Franc.) l'Eromena , 30, 31, la Donzella Desterrada , 31 , il Coralbo , ibid.

Bisaccioni (Maiolino) 29, 64, 121, 308

Bisir (Girolamo) 32

Blessebois (Pierre Corneille) 56

Boaistuau (Pierre) 271, 304, 305, 310

Bobadilla (Bern. Perez de) 25

Boccaccio (Giovan.) 286, &c. jusqu'à la page 298 , en François , 291 , &c.

Bodot de Juilli , 114

Boece , Roman de Fortune , 235

Boër (Carlo) 31

Boete & Miroir , 143

Boyardo (Matt. Maria) 16, 185 , 190

Boileau (Gilles) 208

Boisguilbert (Pierre le Pesant de) 82. 116

Boisrobert (l'Abbé de) 48, 159

Boissieres (Jean de) 188

Bolognetti (Francesco) 29

Bonini (Filip. Maria) 54, 276

Bonna-

rs/

TABLE.

Bonnaventure Desperiers,   313

rs/ Bonnecosse (le Sieur de)   143, *bis.*

Bonnor (Honnoré de)   173

Bontemps (Gerard)   325

Borbadillo (Alonzo Geron. de Salas)   333

Bordelon (l'Abbé)   60.338 340, 341

Borron, *Voyez* Bourron.

Borstet, sa continuation d'Astrée,   43

Boscan (Juan)   136, ~~316~~

Bottaio Capricci,   305, 321, 322

Boucher (le Sieur)   140

Bouchet (Guillaume)   315, 316

Bouchet (Jean)   37. 161.   222, 238   335

Bouchet (Pierre)   238

Boucicaut Maréchal de France,   76

Boufflers, ses Amours,   101

Bouhours Jesuite,   81

Bouillon (Godefroy de)   221

Boulenger (le Sieur)   52

Bouquet d'Histoires par du Belley,   166

Bourbon Carenci,   80

Bourbon Connétable,   78

Bourbon (Catherine de)   79

Bourdeilles de Brantome (Pierre)   260

Bourdelotius,   8

Bourignon (Antoinette)   171

Bourneuf (le Sieur)   316

Bourron (Robert de) 176, 177, 248, 252

Boursaut (Edme)   82, *ter* 145

Boussole des Amans,   143

Bouthiere (George de la)   17

Brancaleone,   30

Branor le Brun,   177

Brantome (Pierre de Bourdeilles Abbé de)   260

Bredin le Cocu,   316 (125

Bremond (le Sieur de)   94, 96, 100) 144. 146. 147.

Bretagne

TABLE.

Bretagne (la Conquête de)   242
Bretencourt,   48
Breteuil (Baron de)   100
Breviario de Amor , _   236
Brice (François)   93 bis 148
Brichamel (Rasse de)   37
Bridou (Jean)   52
Brie (le Sieur de)   82
Bringuenarille Geant ;   257
Bruccioli ,   288 ; 289
~~Brufalini (Marco Marie)~~
Brufalini , ou l'infortuné Florentin ,   110
Brugiantino (Vincenzo)   190 , 291
Brugiere (Ignace de)   18
Brun de la Montagne ,   241
Brun (le Sieur le)   158
Brufcambille , fes Imaginations ,   313 , ~~314~~
Brufoni (Girolamo)   30, 32 bis. 331
Brut d'Angleterre , Roman ,   226
Buccalus ,   241
Bueil (Claude de)   209
Buffalis (Antonio de)   109
Bugnotius (Gabriel)   272
Burana (Juan Bautift.)   28
Bufcon de Quevedo ,   325
Buffi Rabutin ,   85
Butors ,   243

C

Cabinet d'amours ,   57
Cabinet des Fées ,   281
Cabinet de Minerve ,   40
Cæfarius Heifterbacenfis ,   160
Caillieres ,   53   143 . 331
Caiffant) le Chevalier de)   341
Califto y Melibea ,   332
Cal-

42
48
00
36
48
37
52
82
57
89
10
91
18
41
58
hist. 351
26
41
109
109
172
28
125
85
143

57
181
40
160
43 · 351
341
332
Cal-

il Capuccino Scozzese da Gio. Batt. Rinuccini, Arciv.
di Fermo . in Roma . 1645. in 12, dont il y a une Tra-
duction Françoise par
sous ce titre : Le Capucin Ecossois.
[Classé parmi les Romans spirituels dans le Catalogue de
Barré Nº 4049. Je crois que c'est une histoire Véritable]

TABLE.

Calliope, ses Avantures,   154
Callitrope, par du Bellay,   266
Calloandre de M. Indris,   32
Caloandre Fidele,   33
Caloandro Fedele,   ibid.
Calprenede (Mad. de la)   50
Calprenede (le sieur de la)   63 bis, 64
Camerino (Josef)   22, 133
Camerotto di Brusoni,   32
Camiletta di Gutteri,   331
Camillus & Emilia,   110
Camp de Compiegne,   95
Campo (Pedrillo del)   329
Campus recreationum,   312
Camus, Evêque du Belley (Pierre) 165, jusqu'à
   la Page,   169
Camus (Philippe),19.36, 37, 180, 212, 213,
                                                           221

Canale (Giov.)   35
Cancionero Cavallero de Timoneda,   129
Cantahar, découverte de son Empire,   340
Capaccio,   73
Capocoda (Giulio)   111
Caprices de l'amour,   56 61
Caprices du destin,   149
Capricci del Boraio,   305, 321, 322, 330
Capucins, Procès fait à leur barbe,   266
Caquederet, Roman,   241
Caquets de l'Accouchée,   369, 324
Cara Mustapha, Grand Visir,   124
Caracteres de l'Amour,   148 154
Caracteres du faux & véritable Amour,   153
Carani (Lelio)   13
Caravajal, (Dona Mariona)   134
Carcanne (Don Juan de)   108
Carcel d'Amor,   19
Cardenia,   32
                                                         Car-

TABLE.

Cardinal Alberoni,   107
Cardine, son Enfer,   260
Cardone (le Comte de)   113
Carency (Bourbon)   80
Caribalte, Cavallero de la Fortuna,   213
Cariclée,   45
Caritée,   45 ibid.
Carlo Gonzaga Duca di Mantea,   111
Carlos magno,   193
Carlos (Don)   55. 96, 105
Carmeni (Francesco)   308
Carmente,   54
Carte de la Cour, 85, de Gueret,   141
Carte Geograph. de la Cour, par Bussy,   85
Carthemi (Jean de)   172
Carvajal (Dona Mariana)   134
Caseneuve (Pierre)   45
Casilde, par du Belley,   166
Casimir, Roy de Pologne,   120
Casoni (Guido)   331
Cassandre de la Calprenede,   63
Cassette de Bijoux,   143
Castera (l'Abbé de)   61, 154
Castillo y Talcyro,   133
Castillo (Andrés)   135
Castillo y Solorzano (Alonzo) 134, 135, 136,
                                            bis, 268
Castre d'Auvigni,   61
Castri (le Sieur de)   151
Castriot (Alexandre).   116
Castro (Diane de)   100
Castro [Henriq. de]   105, 213, 324
Castro (Jean de)   106
Castro y Anaya (Pedro de)   334
Catanoise,   112, bis.
Catherine de Bourbon,   79
Catherine de France, Reine d'Angleterre, 114
                                            Ca-

TABLE.

Catherine des Bas-Souhaits, sa vie,   313

Cavallero, Cancionero, de Timoneda,   129

Cavallero   de l'ardente Espada, 196 198.

~~196, 198~~

Cavallero   Esplandian,   196

Cavallero   Florisando,   *ibid.*

Cavalier François, ses heures perduës,   322

   327

Cavalier Crotexte,   *ibid.*

Cavallier Perduto,   218

   dell' ardente Spada,   204

   della Croce,   206

Cefalie,   48

Celanire de Scudery,   67, ~~94~~

Celemaure,   52

Celenie,   61

Celestina Tragi-comedia,   332

Celestina Segunda,   333

Celidon de Iberia,   203

Celie Nouvelle,   52

Celie ou Melicerte,   53

Celimaure de le Rou.   241

Celinte Nouvelle,   52

Celion ou Uranus,   241

Celise ou l'Amante fidele,   60, 153

Cene del Principe d'Agrigento,   30

Cent Histoires de Troyes,   235

Cent Nouvelles Nouvelles,   309

Cent Nouvelles Nouvelles de Me de Gomez,   155

Cent & six Nouvelles de la Motte Roullant,   312

Cento auvenimenti ridicolosi,   308

Cento Novelle antiche,   286

Centorio (Ascanio)   303

Cephise Amante fidele,   58

Cercle ou Conversations galantes,   55

Ceiva

Cercle des femmes   324.

Cercle des femmes savantes 262.

TABLE.

Cerva Bianca, 330

Cervantes (Michel de) 26, 27, 108, 130, 131, 215, 216, 311

Cervelli diversi di Garzoni, 259

Cesarius d'Heisterbach, 160

Cespedès y Menezès (Gonzalo de) 26, 133, bis.

Chaise (le P. de la) 267

Chambre de Justice de l'Amour, 52

Chamilli [le Chevalier de] 75

Champier (Symphorien) 162, 172, 224

Champs Faez, Roman, 137, 241

Chansieres (M. de) 276

Chapelle (le Sieur de la) 105

Chapelle (Jean de la) 71

Chapuys (Gabriel) 24, 25, 189, 208, 209, 211, 249, 258, 305, 314, 315

Charce (Mademoiselle de la) 102

Charette, Roman, 128

Charette (le Chevalier de la) 242

Chariot de Nismes, Roman. 241

Charité, Roman, 219

Charles de Gonzague Duc de Mantoue, 111

Charles Magne, 181, 182, 183, 184, 225, 226

Charney, 46

Charni (le Sieur de) 100

Charpentier (François) 144

Chasse Ennuy, 316

Chasse du Berger, Roman, 241

Chassepol, 70, 124

Chastelain (George) 238

Chastelain de Coucy, 231

Chastillon, Duchesse, 86

Chat amoureux, 318

Chat d'Espagne, 151

Chateaubriant, Comtesse, 78, bis

Cha-

TABLE.

Chavigny [le sieur de]   147. 148

Chelidonius Tigurinus,   271

~~Chenise,~~   ~~34~~

Chevalerie, ses Ordres.172, 173. Son Theatre,
    ibid. Ses Romans, 174. & suivantes. Leurs
     devises,   177

Chevalerie de la Vie humaine,   249

Chevalier aux Armes dorées,   219

       Baltazar,   99

       Balthazar ou la dragone,   103

       au Barisel,   240

       Bayart,   224

       Berinus,   219

       de Caissant,   341

       de la Charette,   242

       aux Cignes,   209, 242

       du Clergé,   179

       cœur d'amours épris,   37, 181

       de la Croix,   174, 178, 142

       aux Dames,   *ibid.*

       déliberé,   238

       doré,   242

       Eric ou Herec,   243

       errant, ou génie familier,   151

       errant de Carthemi,   172

       à l'Epée,   227

       à l'Espervier blanc,   250

       de S. Georges,   117

       de la Gloire,   225

       Hipocondriaque,   337

       au Lyon,   227. 228

       de Mailly,   70, 94, 150, 153,
                         159

       sans reproche *Louis de la Trimouille* 222

       de Rohan,   92

       du Soleil,   209

       de Themicourt,   59

Che-

TABLE.

Chevalier de la Tour,   222, 2~~~ 247
     Thewrdanck,   118
Chevalier (le dit du)   242
Chevaliers de la Gloire,   225
Chevaliers errans, Contes des Fées,   281
     de la Table ronde,   174, 175
     de Thrace,   41
Cheverni,   56
Chevreau (Urbain)   65, bis.
Chien de Boulogne,   143
Cholieres (le Sieur de)   315
Chreftien de Pife,   237
Chreftien de Troye,   227, bis, 228
Chriferionte de Gaule,   45, 221
Chryfolite,   47
Chriftalian de Efpaña,   201
Chriftine Pifan,   249
Chriftine de Suede,   121
Chronique d'Apollin de Thir,   335
Chroniques de Bretagne,   176
Chroniques des FF: Mineurs,   163, 164
Croniques de Jean de Saintré,   223
Chrifolite,   47
Ciaccomari (Oratio)   276
Cicognoni (Andrea)   69
Cid Ruy Dias de Bivar.   212, 213
Cigarrales de Toledo,   134
Cimarelli (Bartholomeo)   163
Cinquanta Novelle di Mafuccio;   299
Cinquanta Novelle di Giovan. Fiorentino,   298
Cinthia de Aranguez,   27
Ciprienne Amoureufe,   45
Cirano de Bergerac,   339, 327
Circe di Gelli,   330
Ciro politico,   276
Cirongilio de Tracia,   200
Cirus, fon Voyage, 276, 277. Son repos, ibid.
     Cla.

TABLE.

~~Claccomari (Oratio)~~

Claire Isabelle, Archiduchesse,	118
Clairenville (les Promenades de)	338
Claireville,	48
Clamadès & Clermonde,	19, 37, bis.
Clare (le Comte de)	117
Clareo & Florisea,	22
Clarian de Landamis,	202
Claribalte,	213
Clarice Amorosa,	31
Clarimont,	40
Clarimundo Emperador,	214
Clarinde, son Ravissement,	47
Clarinel de las Flores,	203
Claude (Isaac)	83
Cleandre & Calliste,	153
Cleandre & Domiphile,	39
Cleante & Belise,	100
Clearque & Timolas de du Belley,	166
Clef des cœurs,	146
Cleino (le Roman de)	242
Clelie de Scudery,	66
Clelie, Hist. Françoise,	55
Clemangis (Nicolas de)	37
Clement Marot,	234
Cleobuline,	51
Cleodonte & Hermelinde,	47
Cleomadès, Roman,	233
Cleomede & Sophonisbe,	47
Cleon,	52
Cleonice,	54
Cleopatra di Bisaccioni,	64
Cleopatra di Landi,	69
Cleopatre de la Calprenede,	63
Cleoreste de du Belley,	166
Clergé (le Chevalier du)	179
Cleriadus de Sture,	219

TABLE.

Cleriadus & Meliadus, 248

Cleveland, fils naturel de Cromwel, 116

Cliges, Roman, 242

Clitophon & Leucippe, 6

Clopinel (Jean de Meung dit) 233, &c.

Clorimène, 46

Clorinde & Reginus, 71

Clorinde, 51

Clytie Nouvelle, 147

Clytie, par la Serre, 47

Coccaie (Merlin) 254

Coccio (Angelo) 7

Cocq, ou Alector, 335

Coeu (Bredin le) 316

Coeffeteau (Nicolas) l'Argenis, 272, 273

Colbert, son Testament, 90

Coligni, Amiral, 88

Colin (Nicole) 23

Collet (Claude) 208, 212, 219

Colletet (Guillaume) 13

Colombiere (Vulson de la) 173

Colonne, Connestable, 94, bis, 112

Columna (Franciscus) Poliphilus, 161, 162

Commento delle fiche, 302

Compagnie agréable, 151

Compain (l'Abbé de) de S. Martin, 17

Companeo (Philastès) 198

Comte d'Alcinois, 314

    d'Amboise, 78

    d'Artois, 240

    de Cardone, 113

    de Clare, 117

    D** , par S. Evremont, 93

    de Duglas, 115

    de Dunois, 77

    d'Essex, 96

    de Foix, 97

Comte

TABLE.

Comte de Genevois,   107

     de Grammont,   95

     de Guiche,   87

     Hamilton,   95, 283

     de Lancastel,   118

     de Lyonne,   122 ~~88~~

     de la Marck,   119

     de Nevers,   222

     de Richemont,   114

     Roger de Calabre,   111

     Scandiano,

     de Soiſſons,   83

     Tekely,   119

     d'Ulfed,   120

     de Warwick,   115

Comteſſe   d'Allemagne,   119

     de Chateaubriant,   78, bis.

     de Creaque,   129

     d'Aulnoy, 80, 88, 106, ter, 115,

            bis, 117, 280, 281

     d'Auneüil,   151. 283.

     de la Fayette,   81, bis. 87.

     de Gondez,   61

     de Janiſſanta,   122, ~~114~~

     Iſamberg,   328

     d'Iſembourg,   119

     Mathilde de Mantouë,   111

     de Meyrac,   99

     de Mortane,   59

     de Montfort,   78

     de Murat,   58, 77, 93

     de Saliſbury,   114

     de Savoye,   109

     de Straſbourg,   91

     de Tournemir,   103

     de Vergy,   76, 129

Conde Fernand Gonzalez,   213

R 2   Con-

T A B L E.

Conde Lucquin
Conde Matifio,   334
Conjuration des Pazzi,   110
Connétable de Bourbon,   78
Connétable de Montmorenci,   80
Connétable Colonne,   94, *bis*, 112
Connoissance du Monde, Voyages Orientaux, 58
Constante Amaryllis,   26
Constante Florinda,   27
Constantes Mugueres,   22
Constantinople, son Siege,   123
Conquêtes du Gr. Alcandre,   86
     de Bretagne,   242
     de Charles Magne, 181, 182, 183
     d'Espagne,   104
     de Douce Mercy,   181
     de Grana,   122
     de Grenade,   105
     des Indes,   *ibid.*
     d'Oultremer,   243
     de Trebisonde,   184, 185
Conspirations des Pazzi,   110
Constance victorieuse,   113
Constant, Roman,   243
Constantini (Angelo)   328
Contes Arabes,   284
     Anglois,   285
     Chinois,   *ibid.*
     & Fables Indiennes,   283, 284
     Indiens,   285
     Mogols,   *ibid.*
     Persans,   284
     Tartares,   *ibid.*
     Turcs,   283
Contes des Fées d'Aulnoy,   280, 281
     de Murat,   282
     de la Force,   *ibid.*
     de Perraut,   280

Con-

TABLE.

Contes des Contes, 283
Contes moins Contes, 281, 282
d'Hamilton, 283
nouveaux des Fées, 282, 283
de Lesconvel, 282
de Prefchac, 283
Contes amoureux de Boccace, 286, &c.
Anonymes, 310, 318
de Boïstuau, dit Launay, 310
de Cupido & Atropos, 309
de Desperiers, 313
d'Eutrapel, 312
& discours bigarrés de Cholieres, 315
& Fables Indiennes de Bidpai, 283, 284
de Jeanne flore, 310
de la Fontaine, 317
de Gaulard, 315
de Maulinet, 312
du Monde avantureux, 311
du Pogge, 299
de le Noble, 317
de la Reine de Navarre, 310, 311
à rire, 322
d'Ouville, 316
de Vergier, 318
Conte du Papegault, 175
Contreras (Geronimo) 24, 25
Conversations sur la Princesse de Cleves, 81
Coq on Alector, 335
Coqueterie, son Royaume, 138
Coquettes, leur politique, 140
Cor di Marte, 35
Coralbo di Biondi, 31
Corbaccio di Boccaccio, 293, 295
Corbelli (Nicol. Maria) 127
Cor di Marte di Gius. Artale, 35
Cordoua (Juan de) 203

R 3 [Cor-

TABLE.

Cornards (Abbaye des)   324
Cornelie & Alphonse d'Est ,   110
Corozet (Gilles)   20, 158
Correal (Gabriel)   27, 272
Cors (Lambert le)   229
Correz (Juan)   132, *bis.*
Cortigiano disperato ,   30, ~~331~~
Costante Poema di Bolognetti,   29
Costo (Tomaso)   307
Cottolendi (Charles)   114, 131
Covarruvias (Hieron. de)   25
Coucy (le Chastelain de)   231
Coupecu de la Mélancolie,   319.
Cour (la) par Preschac ,   95
Courcy (Jean de)   237
Coureur de Nuit,   134, ~~325~~
Cours d'amour,   52
    d'Angleterre,   117
    de Madrid ,   107
    de Savoye,   109
    de France Turbanisée,   87
    de France , les Mémoires secrets , ou
      Avantures comiques ,   88
    de Vienne ,   118
Courier d'amours ,   56
    dévalisé,   268
Court (Lambert le)   229
Courtenay (Milord)   115
Courtils (Gatien Sandras des)   88
Courtin (le Sieur)   106
Courtisanne déchiffrée ,   263
Courtisanne solitaire,   46
Couvent aboli ,   151
Cratès y Hipparchia ,   164
Creanza delle Donne,   257
Creaque (la Comtesse de)   129
Crementine Reine de Sanga ,   128
    Cré-

TABLE.

Cretidée , & Cretideo ,	33
Cretin (Guillaume)	310
Criniton ,	39
Croſet (le Sieur)	336
Crozet (le P. Thomas)	157
Ac Crueius (L. Annibal)	7
Cruzoé (Robinſon)	341
Cuchermois (Jean de)	194
Cueva (Franceſco de la)	27
Cunto de gli cunti ,	309
Curioſité dangereuſe ,	151 ——
Cypille , ſes imaginations ,	313
Cyrano de Bergerac ,	339 *bis.* 327
Cyrus de Scudery ,	66
ſes voyages ,	276 , 277
ſon repos ,	277
Cytherée de Gomberville ,	62
Czar Demetrius ,	121

D

Daillhiere (Le Sieur de la)	321.
D'ALERAC (le Sieur)	120
D'alcrippe (Philippe)	314
Dama Beata de Camerino ,	22
Damaris par du Belley ,	166
Damaſcene (S. Jean)	12
Dames dans leur naturel ,	87
Dames Galantes ou confidence , &c.	147 ——
Dames Galantes de Brantome ,	260
Dames Illuſtres de France ,	86
Daniel Jeſuite ,	339
Daphnide par du Belley ,	166
Daphnis & Chloé ,	4 , 5 & 6
Daſſouci ,	98. *bis.* 317
D'Audiguier *voyez* Audiguier.	
Davity (Pierre)	336
Daulnoy Comteſſe ,	80 , 88 , 106 , 280 & 281

R 4   Da-

TABLE.

Davost (Jerôme) 13
Dauphin de France & Comtesse du Roure, 88
Débauché de la Haye, 122
Décades historiques par du Belley, 166
Decamerone di Bocaccio, 286, &c.
Decameron de Boccace en françois, 291, &c.
Delfino di Francia, 217
Delfino (magnifico) 287
Delfosse, Dragonne, 103
Delicado (Franc.) 199
Demetrio Moscovita, 121 bis.
Demetrius Czar, ibid.
Democritus vel Campus recreationum, 322
Demoreaux, 50
Denisot (Nicolas) 314
Desaccords (le Seigneur) 315
Desautelz (Guill.) 257
Desbarres (le Sieur) 140
Deschamps (le Sieur) 123
Description de Versailles, 67
Description de Jansenie, 268
Desescutteaux, 40.41.138
Desesperez, 34
Desespoir amoureux de Don Guichote, 217
    joyeux, 250
Desessars de Herberay, 20, 206, 209
Desfontaines (Abbé) 8. 108. 122, 342 bis.
Desfontaines (le Sieur) 49. 68
Desfontaines des Huyots, 112
Desgoutes (Jean) 38, 188
Desjardins. Voyez Ville - Dieu.
Deslauriers, ses Prologues, 312, 313
    ses Imaginations plaisantes, ibid.
Desmaretz (Jean) 49. 68
Desordres de l'Amour, 54, 55, 148
    nouveaux de l'Amour, 96
    de la Bassette, 147

Debat des quatre Dames - - - 243
Debat des deux fortunes - - ibid.
Debot reveille matin - - - ibid
Debat de l'ocil et du cœur - - ibid
Debat de L'homme marié - - 310.
Defence de l'inconstance - - - 44.
Deleite de las dos Cortes - - 326

Delices de l'Isle de france - - 103.
Demandes et reponses d'amours - 137.
Demelé de l'esprit et du cœur - 143

Demelé de L'amour et de la Vertu 143.
Democrite et Heraclite - - - 330
Demoiselle a cœur ouvert - 148
Deroute des filles de Joye - - 86

Deschamps de Melperdu (Le Sieur Reinier) 325

Description de l'Isle imaginaire - - 87
Description de l'Isle de Portraiture - 140

Desengaños de Çelos - - - 25
Desengaño de amor - - 26
Desengaños del mundo - - 136
Desengaño de Cortesanos - - 334.
Desengaño de fortuna - - 334.

Dechado de Varios Subjettos 25
Defence des femmes 261
Defense du Cœur 143
Deganes - - 262.

Demon os Demones 342

TABLE

Defperiers (Bonavent.)   313

Defrey (Pierre)   221

Deftinées des Amans,   41

Deftruction des Roncevaux,   243

     de la Table Ronde,   ibid.

     de Troye,   218, 243

Devaulx, Penfées du Solitaire,   171

Devifes des Chevaliers de la Table Ronde,   177

Deux Amans, leur Roman,   238

Deux fortunes imprévuës,   97

Dia y noche de Madrid,   136

Diable boiteux Efpagnol & François,   262

Dialogi Cæfarii,   160

Diana de Georg. de Monte Major,   23

Diana Enamorada d'Alfonfo Perez,   ibid.

Diana Enamorada de Gil Polo,   ibid.

Diane de France,   81

     de Caftro,   100

     de Montemayor,   23, 24

Dianea di Loredano,   308

Dianée,   138

Differens caracteres de l'Amour,   148

Diola (Horatio)   163

Diotrephe par du Belley,   166

Diporti di Parabofco,   305

Difcreta Galatea,   108

Difcurfos morales de Juan Cortez,   132

Difgraces des Amans,   149

Difgraces de l'Amour,   98

Difperati,   33

Dit du Chevalier, Roman,   242

Diverfitez d'amours,   52

Diverfitez galantes,   ibid.

Divertiffemens de la Princ. Aurelie,   139

     de la Princeffe Alcidiane,   50

     d'Amours,   52

     de Caffandre & de Diane,   133

     hiftoriques par du Belley,   166

R 5   Di

TABLE.

Divorse satyrique, 260
Divortio celeste, 268, 269
Docteur en malice, Maître Regnard, 313
Doctrinal moral, ou les Loups ravissans, 263
Doctrinal Roman,
Dolce (Lodov.) 7, 185, 205 bis. 288, 289
Dole (Guill. de) 249
Dolopatos, ou les Sept Sages, 231
Domalinde, 108
Domenico (il Marchese Giov.) 34
Don Alvar del Sol, 112, 126
   Antoine Roy de Portugal, 108
   Antonio de Buffalis, 109
   Belianis de Grece, 199, 209
   Carlos, 55, 96, 105, 140
   Florès de Grece, 209
   Florisel de Niquea, 197
   Guichot, 215, 216, 217
   Jean de Carcanne, 108
   Jean de Castro, 106
   Quixotte de la Mancha, 215, 216
   Juan d'Autriche, 65, 105, 106
   Sebastien Roy de Portugal, 108
Donna Combattuta, 34
Dona Hortense, 106
   Mariana Carvajal y Saavedra, 134
   Maria Zayas, 135
   Olimpia Maldachini, 111
   Ruffine, 108, 136
Doni (Antonio Francesco) 258, 259
Donzella desterrada, 31
Donzella Sabia Teodora. 156
Doolin de Mayence, 174, 191
Doon de Nantuel, 230
Dorington (le Sieur) 341
Dorisandre, 47
Dorothée par du Belley, 166
Doublainville, 58
Double cocu 148. Dou-

TABLE.

Douce mercy,	181
Douet (Louis)	209
Douville (le Sieur)	136, 316
Dragone, fon Hiftoire,	103
Droyn, ou Droyen,	157
Dubois,	8 · 72 · 75
Duc d'Alençon,	82
d'Arione,	58
de Guife le Balafré,	82, 97
de Montmouth,	116
de Nemours,	82
de la Rochefoucaut,	81
de Rohan,	91
de Roquelaure,	104, 329
des Vandales,	121
Duca di Mantoa, Carlo Gonzaga,	111
Ducento Novelle,	308
Duchat (le Sieur le)	255
Duchefla di Valentinefe,	108
Duchefle de Beaufort,	336
de Capouë,	112
de Chaftillon,	86
d'Eftramene,	113
Malbourough démafquée,	117
de Medo,	113
de Milan,	111
de Mazarin,	93
de Portsmouth,	116
Reine,	115
de la Valiere,	86
Due nobili amanti,	29, 32
Due Triftani,	180
Du Fail (Noel)	311, 312
Dufour,	52
Dunois (Comte de)	77
Du Noyer (la Dame)	97, 98, 104 · 178
Dupin (Perrinet)	150

TABLE.

Du Plaifir (le Sieur) fur les Hiftorietes, 3 , ~~Du~~
~~cheffe d'Eftramene~~,   ~~114~~

Durand, Miniftre,   299

Durand (Mad.)   59 , 70 , 77 , 113 , 295

Durier (Pierre)   273

Du Verdier ,   33 , 127 , 210 , 219 , 337.

E

Eaux d'Aix   150

E Co & Narciffe,   61
Ecole des Amans,   143 ~~338~~
Ecole de l'intérêt,   135
Ecureuil de la Cour,   152
Edele Ponthieu,   76
Edipus,   219
Edouard d'Angleterre ,   114
Effets funeftes de l'Amour,   59
            de la jaloufie,   78
            de la fympathie,   60
Egyptienne ,   107
Elegantiæ Latinis Sermonis Meurfii,   319
Eleonor de Guyenne,   75
Elife, par du Belley,   166
Elifea Ennamorada,   25
Elizabeth Reine d'Angleterre,   115 bis. 150
Elles (Roman des)   230
Eloïfe & Abelard,   75
Emanuel d'Aranda ,   327
Emiliane (G. de)   265
Emilie , fon Hift.   61
Empereur de Maroc,   127
Empire de l'un & l'autre Monde,   261
Empire de Cantahar,   340
Endymion de Gombaud,   46
            de Remy,   46
Eneas Silvius ,   109, 110, 161, 162
Enfant gâté ,   123
Enfer d'amours   257.
Enfer Burlesque   326.

Engaños de mugeres. · · · 137
Enganos deste Siglo · · · 334·
Engaños del Tiempo · · 132·   Engenville · · 336·
Enmerieves (Jean d') · · 225
Ennor ou honneur des Dames 246
Entreteniamento de Damas · 131·
Entretiens du Luxembourg · 142·   Entretiens
Epalmaura (Bermondo · · 34·   Entretiens de Tartufe · 321·
Ephesiaca Xenophontis · · · 18   Entretiens Litteraires 155
Epines du mariage · · · 336
Epouse amante · · · 147
Epouse fugitive · · · 147·
Eremita di Granuci · · · 306
Erocalia · · · · 332·
Erosmundo · · · 112·
Erotopegnie · · · · 314·
Esclave Religieux · · · 149
Escober (J. de) · · · 213·
Escobar (Gerardo) · · · 137
Espagnole angloise · · · 151
Espejo de consolation de Tristes · 333·
Esprit de Cour · · · · 142·

TABLE.

Enfer de Cardine, — 260

Entretiens galans d'Aristippe, — 141

Entretiens Academiques des Dames, — 320, 321.

Entretiens de la Grille, — 266

Entretiens historiques, par du Bellay, — 167

Entretiens sur les Contes des Fées, — 279

Epicaris de le Noble, — 73

Epigone, — 140

Epila famosa, — 27

Epouse infortunée, — 62

    fidele, — 56

Eraste Nouvelle, — 141

Erastus, — 158, 159, 243

Erée & Enide, — 228

Eric ou Herec, — 243, bis.

Erizzo (Sebastiano) — 306

Ermidauro di Carlo de la Luna, — 30

Eromena di Biondi, — ibid.

Eromene d'Audiguier, — 51

Erotasme, — 38

Erotodidascalus, — 23, 24

Ertelius (Ant. Guil.) — 128

Escarmientos de Jacinto, — 26

Esclaves, — 127

Escuela del Interés, — 134

Eslava (Antonio de) — 130

Español Gerardo Poëma, — 26

Espejo de Principes, — 201

Espinace (Roman de l') — 244

Espinel (Vincente) — 27, 132, bis.

Espinosa (Nicolo) — 187

Espion-Turc, — 84, 85

Esplandian, en Espagnol, — 196

Esprit familier de Trianon, — 86

Esprit malin, — 153

Esprit (M.) son Apprius, — 321

Esprit, ou le Mari fourbé, — 57, 97.

        Es-

[Handwritten annotations in margins:] Enfer des Chicaneus 326 · 321 · 55 · Enrique hijo de Don oliva 212 · Erasto 158 · Esprit de Trianon

TABLE.

Essais d'amours, 56

Essex, Comte, 96

Esté de Poissenot, 314

Estevanillo Gonzalez, 262. 324, 325

Estienne (Henry) 264, 265

Estime, Princesse, 152

Etats & Empire de la Lune & du Soleil, 339

Ethiopie (la Reine d') 127

Eugene, par du Belley, 167

Evenemens singuliers du Belley, 167

Euphormion, 253, 254, 262

Eurialus & Lucrece, 110, *bis*, 160, *bis*, 161 ter.

Eustace ou Eustache, 226

Eustathius, 12, 13 & 14

Eustorgio y Clorilene, 28

Eutrapel, ses Baliverneries, 311. Ses Contes, 312

Exameron de Torquemada, 314

Exilez de la Cour d'Auguste, 72

Experientias de Amor, 28. 133

F

Fables de Bidpay, 283, 284

Fables de le Noble, 317

Fabrique de traits de Véritez, 314

Fabulario de Quentos, 131

Facetie Poggii, 298. En François, 299

Facæciæ Luscinii, 309

Facétieux devis de la Motte Roullant, 312

Facetieux Devis de Maulinet, *ibid.*

Facetieuses Journées de Chapuys, 315

Fail (Noel du) 311, 312

Faille (M. de la) 18

Faits de Gargantua, 226, &c.

Fameux Chinois, 49

Fa-

T A B L E.

Fameux Voyageur, 338

Famofa Epila, 27, 204

Fancan fur les Romans, 3

Fanfreluche & Gaudichon, 257

Fantaifies des hommes, 335 *fauté (Sigis-*

Farget (Pierre) 155 *mondo)* 330

Faria y Soufa (Manuel) 133

Faveurs & difgraces de l'Amour, 59

Faveurs & difgraces des Amans, 61

Favoral, fes Journées, 42. 316

Favorites, 74

Fauffe Abbeffe, 147

Fauffe Clelie, 102

Fauffe Comteffe d'Ifamberg, 328

Faufte Magicien, 338

Fauvel, Roman, 235

Faux Duc d'Yorck, 114

Faux - Inca, *Pierre* 101

Faydit (l'Abbé Amable) 275

Fayette (Comteffe de la) 81 bis.

Febo y Roficler, 201

Federic de Sicile, 118

Fées, Contes, 178, 696.

Felidès y Poliandria, 333

Felix Magno, 200

Felix Marte, 204

Femmes galantes de l'antiquité, 71

des douze Cefars, ibid.

Femme genereufe, 50

Fenelon , Archevêque de Cambrai , 274,

275

Fenefte, Baron, 261

Fenife, 48

Fernand Gonzalez, 213

Ferrand, Prefidente, 100

Ferrari (Ludovico) 114

Feftin de Trimalcion, 73

feftin nuptial 284 Feuil-

TABLE.

Feuillade , Maréchal ,	92
Fevre (le)	299
Fevre (Raoul le)	237
Fiametta di Boccaccio ,	293
Fidélité récompenſée ,	108
trahie ,	51
Fido Amante di Gonzaga ,	62
Fiérabras , ſon Roman ,	190
Figueroa (Chriſtof. Soarez de)	26
Figueroa (Henrico Soarez de Mendoça , y)	
	28
Fille illuſtre ,	93
Fille ſuppoſée ,	49
Filles enlevées ,	50
Filleau de S. Martin ,	216
Finelli (Octavio)	126
Fineſſe de Ragot , Prince des Gueux ,	311
Fiori (Giov. di)	28
Firenzuola (Agnuolo)	16 . 269
Flamette de Jean de Florés ,	22
Flamette & Pamphile ,	293 ; 294
Flaminio & Colman de du Belley ,	167
Flandre Galante ,	95
Flema de Pedro Hernandez ,	327
Fleurs d'Epine ,	283
Fleurs , Fleurettes & Paſſe-temps ,	142
Fleury (Jean)	238
Fleury (Julianus)	16
Floramente de Coloña ,	202
Florambel de Lucea ,	201
Florent & Tumien ,	244
Flore (Jeanne)	310
Florent & Lyon ,	174 , 223
Florès de Grece ,	209
Florès (Jean de)	22
Florès & Blancheſleur ,	21 , 244
Florian & la belle Elinde ,	244
	Flo-

TABLE.

Floridan & Elinde ,   37
Floride , ses Avantures ,   39
Floridoro ,   35
Floridus (Jean)   238
Florimond , Roman en vers ,   226.
Florimont ou Philippe de Macedoine ,   244
Florimond d'Albanie ,   219 , ~~224~~
Florimond & Passerose ,   21 - - -
Florinda constante ,   27
Floridante Italiano ,   206
Florine , ou la belle Italienne ,   283
Florinie veuve persecutée ,   51
Floris de Grece ,   209
Florisando Espagnol , 196 , en Italien ,   204
Florisea ,   22
Florisel de Niquea , 197 , 198 , 199 , en Ita-
   lien ,   204, 205 - - -
Florius (Francis.)   110
Flortir (il Cavaliere)   206
Foire de Beaucaire ,   103
Folengio (Teofilo) l'Orlandino ,   322
Fontaine (Charles)   179
Fontaine (Jean de la) ses Mémoires ,   90
Fontaine (Jean de la)   53 , 317
Fontaines (Abbé des)   122 , 342 , *bis.*
Fontange , ses Amours ,   86
Force (Mademoiselle de la) 77 , *bis* , 79 , *bis.*
Forest (Gennevieve)   172
Formulaire récréatif de Bredin le Cocu ,   316
Fornier (Jean)   4 · *188*
Fortunatus ,   226 , 313
Fortune , Roman de Boece ,   235
Fortune & Félicité ,   244
Fortune marâtre des Grands ,   338
Fortunes imprévûës ,   97
Fortunes de Pamphile ,   52
Forze d'Ercole di Boccaccio ,   297
                                                       Fosse

TABLE.

Foſſe (M. de la)	127
Foüine de Seville ,	136
Fracardin (les quatre)	283
Fragoni (Fulvio)	34
France galante ,	86
Turbaniſée ,	87
Francion , Hiſtoire comique ,	327
Francioſini (Lorenzo)	215
Franco (Nicolo)	29 · 303
François d'Aſſiſe ,	266
François I. Roy de France ,	78
Frederic de Sicile ,	113
Fregoni (Franceſco Fulvio)	108
Fregoſo (Antonio)	330
Freres Jumeaux ,	154
Freres Mineurs , leurs Chroniques ,	163 , 164
Freſne (Marquis de)	92
Freſne (Marquiſe de)	91
Freſny (Riviere du)	339
Frideric , Prince de Galles ,	114
Friſton ,	199
Fuggitiva di Bruſoni ,	30
Fuggilozzio di Tomaſo Coſto ,	307
Fumée (Gilles)	39
Funeſtes effets de l'Amour ,	59
Furetiere , ſon Roman Bourgeois ,	269, 327

GAce ou Wace ,	227
Gace de la Bigne ,	236
Gage touché ,	58
Gaguin (Robert)	182 , 183
Gaidès , Roman ,	244
Galand (Antoine)	284
Galatée ou Aſtiagès ,	68
Galateo Eſpañol ,	261
	Ga-

TABLE.

Galehaut, le Brun, 244
Galerfis, 198
Galland (Antoine) 283, 284
Galant, Nouvellifte, 98
Galante Hermaphrodite, 148
Galanteries des Anciens, 65
    Angloifes, 151
    de la Cour de Grece, 69
    Grenadines, 54
    d'une Religieufe de Dublin, 117
    des Rois de France, 74
Gallerie des Curieux, 325
Gallien le reftauré, 174, 182, 190, 225
Gambara (Laurent) 4
Gamboa (Juan Soarez) 27
Garay (Nuño de) 214
Garcilaffo de la Vega, 136
Garduña de Sevilla, 135
Gargantua & Pentagruel, 326, 254, 255, 256
Garin de Loherans, 227
Garnier, Roman, 244
Garnier de Nanruel, 230
Garrido (Francifco) 183
Garzia (Marco) 327
Garzoni (Tomafo) 259
Gafcon extravagant, 326
Gafton Phebus de Foix, 97
Gavardo (Grimefio) 35 _inn_
Gavin (Antoine) 263
Gaulmin (Gilbert) 12, 14
Gaultier d'Avignon, 230
Gaultier de Belleperche, 233
    de Metz, 232
Gautier d'Aubicour, 58
Gelanire, 53
Gelli (Giovan. Battift.) 305, 321, 322, 330
Gelofo de Velafco, 334
        Ge-
Généronté d'amours 49

TABLE.

Geneste (le Sieur de la) 325, 326
Genevre Reine, 244
Genghiscan, 126
Geofroy à la grand - dent, 279
Geofroy de Leigny, 218
Geofroy de la Tour - Landry, 223
Ceomiler, 53
Georges Chastelain, 238
Gerard d'Euphrates, 191, 221
Gerard Comte de Nevers, 222
Gerard de Rossillon, 244
Gerardo Español, Poema, 26
Gerileon d'Angleterre, 180
Germaine de Foix, 105
Gersan, ~~Histoire Africaine~~, 47
Gessée (Jean de la) 39
Giblet (Henrico) 32
Gielée (Jacquemars) 233
Gigantones de Madrid, 137
Giglan, Roman, 180, 245
Gilbert, ses intrigues amoureuses, 142
Gil - Blas de Santillanne, 329
Gil - Polo (Gaspar) 23
Gilles Corozet, 20
Gillot de Saintonge, 108
Giovanni Fiorentino, 298
Giraldi de' Romanzi, 2, Novelle, 305
Girard, Jesuite, (Antoine) 12
Girard ou Girardin d'Amiens, 232
Giraud de Sainville, 149
Giron le Courtois, 177, 178, 245
Givochi di Fortuna, 34, 332
Giurnalda de Venus, 25
Glantzby, ses voyages, 342
Glareano (Scipio) 32
Glinci (Leon) 8
Glorian & Ismene, 40
Go-

(handwritten marginal notes:) Genti · Germ · Gibec · Girard · Girar · Girone · Givoc · Givoc · Giust

(handwritten left margin:) Gigantomachie 260

TABLE.

Gobin (Robert)   263

Godefroy d'Alençon ,   245

Godefroy de Boüillon ,   221 , 245

Godefroy de Leigni ,   228

Gohorri (Jacques)   208

Gombaud ,   46

Gomberville (Marin le Roy de) 45 , 62 *bis* 63

Gomez de Luque (Gonzalez) 62 , 203

Gomez de Vasconcelle (Madame de) 57 , 105 , 114.

     123 , 127 , 128 , 154 , 155 , 342

Gomez (Gaspar)   332

Gondez (la Comtesse de)   61

Gongam , ou l'Homme prodigieux ,   340

Gonzaga (Curtio)   62

Gonzague Duc de Mantoüe ,   111

Gonzalez (Fernand)   213

Gonzalez (Estevanillo)   324 , 325

Gonzalez (Dominique)   336

Gournay (Mademoiselle de)   46

Goutes (Jean des)   38

Graal (le Saint)   228

Grammont Comte , ses Memoires ,   95

Grana (Marquise de)   122

Grand Alcandre ,   86

Grand Cyrus ,   66

Grand Marial de la Vierge Marie ,   156

Grand Scipion de Vaumoriere ,   64

Grand - Sophi ,   87

Grand Montmorenci ,   79

Grand Tamerlan ,   126

Grands Visirs , leur Histoire ,   124

Grand Visir Cara Mustapha ,   *ibid.*

Grand Visir Acmet ,   *ibid.*

Grandchamps ,   92

Granicus ,   147

Granucci (Nicolo)   306 , 307

Graville (Anne de)   238

     Grecs

TABLE.

Grecs & Troyens, leur Histoire,   237
Gregoire VII. Pape,   84
Grenailles (le Sieur de)   73. 84
Grevius,   229
Grillo (Angelo)   18
Gringoire (Pierre)   335
Gris de lin,   146
Grisel y Mirabella,   22
Griselidis,   109, 245
Gruget (Claude)   310
Gualteruzzi (Carlo)   307
Guarduña de Sevilla,   108. 268
Guazzo (Marco) Astolfo Borioso,   189
Gueret (Gabriel)   141
Guerin veuve Moliere,   98
Guerin (le Sieur)   51
Guerin Mesquin,   192. 193, 245
Guerin de Montbrun,   245
Guerin de Montglave,   180, 194, 245
Guerre d'Espagne & Baviere,   91
        d'Hollande,   90
        d'Italie,   92
Guerres civiles de Grenade,   104
Guesclin (Bertrand du) 194, 223, 224, 236
Guette (Madame de la)   92, 93
Guevara (Luys Velez de)   262
Guevarre (Antoine)   159
Gueudeville, * (Nicolas) la-benedict· 271, 275
Gueullette (le Sieur) 228.   283, 284, 285
Guichardin,   308
Guichot (Don)   215, 216, 217
Guidon des Guerres,   222
Guillaume des Autelz,   257
        au court nez, 239, bis, 241, 245
        de Dole,   ibid.
        Guyart,   235
        de Guilleville,   157, 158
                                            Guil-

* dans l'Av...
...escrit es f...
...dam, le titre H...
...ver S.t du...

M.de Guerin de Tencin, sœur
de l'Arch. de Lyon a fait en
société avec antoine Feriol
d.t Le Comte de Pont-de-Vesleu
(frere du C.te d'argental) Les...
Romans suivants
Le Siege de Calais. La Haye
1739. in 12 avol
Les Malheurs de l'Amour,
Amsterd. 1747. 2 vol. in 12, re-
imprés à Paris en 1766, in 12.
les Memoires du comte de
Comminges. La Haye 1735. in
12 paroissent être de la seule
M.de de Tencin qui a encore
Laissé en M.St. les Annales Ga-

* Dans l'Avertissement d'un Roman fort grossièrement
écrit en forme de lettres et imprimé en 1744 in-12, sous
le titre Histoire du Chevalier de la Plume noire, Ecuyer Sr du Hazard &c.

Guill

Guid
Guis
Guis
Guli
Gul
Gus
Gut
Gut
Gu
Gu
Gu
Gu
Gu
Gu

H
Ha
H
H
H
H
H
H
H
H

TABLE.

Guillaume, Comte de Haynaut, 245
         de Loris, 233, &c.
         Moine de Chalis, 236
         de Palerne, 174, 220, 245, 246
         de Tournay, 335
Guion (Madame) 171
Guiscard & Gismonde *ou Sigismonde* 37, 238. 261
Guise (Duc de) 82, 97
Guliver, ses voyages, 342
Guliver nouveau, *ibid.*
Gustave Vasa, 121
Guttery Clugnicese, 260, 331
Guttin (Jacques) 140
Guy de Warwick, 222
Guyart (Guillaume) 235
Guyon d'Aistone, 246
Guyot de Nantuel, 230
Guyot de Provins, 231
Guzman d'Alfarache, 162, 163

H

Haben Amin, 104. 214
Haine & Amours du Perrier, 41
Hallin de Bordeaux, 246
Hameçon des Bourses, 136
Hamilton (le Comte) 95, 283
Hardi (Alexandre) 10   *Harvaxax 121*
Hattigé, belle Turque, 96, 125
Haye (le Sieur de la) 48
Hebers, 231
Hecatommiti di Giraldi, 305
Hecatomphila, 28
Hector de Troye, 246
Hedelin, Abbé d'Aubignac, 138, 142, 170
Helena hija de Celestina, 333
Helene Roman, 246
                Helene

TABLE.

Helene de Conftantinople ,   55
    d'Amfterdam ,   122
Heliodorus , Hiftoire ethiopique, 8, 9 & 10, 11
Hellenin par du Belley ,   167
Heloyfe & Abelard ,   75
Henry IV. de Caftilie ,   104
Henry IV. Roy de France ,   82
Henry de Caftro ,   105, 213, ~~114~~
Henry Eftienne ,   264, 265
Henry Duc des Vandales ,   121
Henrique de Caftro ,   105, 213, ~~114~~
Henrique de Jerufalem ,   203
Henriette Sylvie de Moliere ,   99
Heptameron de la Reine Marguerite de Na-
    varre ,   310, 311
Herberay , Sieur des Effars, 20 , 206 , 207, 209
Herec (Meffire) Chevalier ,   243
Hercole Udine ,   17
Hercules ,   218
Herida (Hieron de)   25
Heriffaye (Eutrapel de la)   311, 312
Heritier (Mademoifelle l')   149, ter.
Hermaphrodite Galante ,   148
Hermaphrodite Ifle ,   269
Hermengaut de Beziers ,   236
Hermiante de du Belley ,   167
Hermine , Clorinde & Tancrede ,   76
Hermiogene de Chevreau ,   65
Hermite Pellerin de du Belley ,   167
Hernandez de Sant Pedro ,   19
Hernandez (Pedro)   327
Herodote , fon Apologie ,   264, 265
Heroina Intrepida ,   108
Heroïne Hollandoife ,   122
    Moufquetaire ,   99
Heros , leur Philofophie ,   172
Heros , ou le grand Montmorenci ,   ~~79~~ 80
Heros de la france - - - - 88   Heroydes

80

TABLE.

Heroydas Belycas y amorofas,   132
Heffein (Pierre)   131
Heure du Berger,   140
Heures perduës d'un Cavalier François, 322,
                                                       327
Heures perduës du Chevalier de ~~Caillant~~, 322.
Heureufes infortunes,   49
Heureux Chanoine de Rome,   111
Heureux Efclave,   144
Heureux nauffrage,   150
Hipalque Prince Scithe,   128
Hippolite de Duglas,   115
Hippolito y Aminta,   27
Hippolite & Ifabelle,   39
Hippomene le Grand,   52
Hifpaniola Joan. Maldonadi,   21
Hiftoire fecrete d'Angleterre,   113
         fecrete de Bourgogne,   77
         de Marie de Bourgogne,   ibid.
         de Catherine de Bourbon,   79
         Celtique,   74
         du Connétable de Bourbon,   78
         d'Elizabeth,   96
         de la Cour de Madrid,   107
         de Navarre,   79
         de Neron,   73
         de la Duchefſe de Porſtmouth,   116
         du Duc de Rohan,   91
         des Rois & Reines d'Angleterre,   113
         des Veftales,   70, 72
         de la Maifon Ottomane,   123
         de Cleomede & Sophonifbe, par Ger-
             zan,   47
         de la Reine Zarah,   117
Hiftoire Africaine *de Gerzan*   47
         amoureufe des Gaules,   85
         amoureufe de la Grece,   68
~~Tome II.~~ Afiatique *de Gerzan* 47. Hiftoire

TABLE.

Histoire d'Aurelio & d'Isabelle, 28, 29
    Celtique, 50, 74
    comique de Francion, 327
    de la Cour, 47
    de la Dragonne, 103
    Ethiopique, 8, 9, 10
    des Favorites, 74
    françoises, galantes & comiques, 96
    Negrepontique, 126
    Palladienne, 212
    de Perse, 127
Histoires galantes de diverses personnes illu-
    stres, 84
    galantes & comiques de le Noble, 329
    de Grenade, 106
    de la Guerin, 98
    de la Guerre d'Hollande, 90
    des pensées, 143
    du Palais Royal,
    prodigieuses de Belleforest, 305
    des Reines de Naples, 111
    du Siecle futur, 140
    sublimes & allégoriques, contes 281
    tragiques, 96
    tragiques de Bandel, 303, 304
    tragiques de Boaistuau, 304, 305
    tragiques de Poissenot, 314
    tragiques & galantes, 96
    des trois Rois, 156
    Troyennes, 237
    de Troyes, ibid.
    des Visirs, 124
Historia Egittia del Conte Corbelli, 127
Historia di Brancaleone, 30
Historias Peregrinas de Cespedes y Meneses, 133
Hita (Genez Perez de la) 214
Hoggidi 331 Homais

[Handwritten marginal note, left:] Histoire Comique du Roy des Masques, ou l'on verra sa naissance, sa vie et son très par Bacchique Paris 1624 in 8° (Je n'en connois que le titre)

[Handwritten marginal notes, right:] Histori... Hoche...

Benedix de Jantey auteur de...
de connetable de Bourbon (Anglois Pag...

TABLE.

Homaïs Reine de Tunis, 127

Homme prodigieux, ou Gongam, 340

dans la Lune, 336

Honorat & Aurelio de du Bellay, 167

Horoscope accomplie, 153

Hortense (Dona) 106

Hospitale de' Pazzi incurabili, 259

Hostelfort (le Sieur de l') 128

Houdanc (Raoul de) 230 *bis.*

Huet (Pierre Daniel) Origine des Rom. 1 &

2, 53, Diane de Castro, 100

Hugues de Bercy, 231

Huistace, 226

Humbert (Ant.) 46 , 47 , ~~57~~

Humilde Labradora, 27

Huon de Bordeaux, 190, 225

Huon de Mery, 231

Huon de Villeneuve, 230, *quater*

Hurtado de Mendoça (Diego) 323

Hurtado de la Vera, 158

Hyacinthe de du Belley, 167

Hyacinthe, *ou Celtas Divorgo* 107

Hypnerotomachia vel somnium Poliphili, 161.

J.

Jacqueline de Baviere, 96

Jacquemar Gielée, 233

Jacquin (Trophime) 46

Jakaia (le Prince) 125

Jaloux par force, 52

Janissanta (la Comtesse de) 122

Jansenie, sa description, 268

Jardins (Mademoiselle des) *Voyez*, Ville-Dieu

Jarnac (Mademoiselle de) 82

Jarrige Jesuite (Pierre) 266

Jason & Medée, 35 , 219.

TABLE.

Ibrahim , illuftre Baffa ,	65
Ibrahim Bacha ,	124
Jean d'Arras ,	278
Bouchet ,	222, 238
de Bourbon Carenci ,	80
de Carcanne ,	108
de Caftro ,	106
de Courcy ,	237
Damafcene ,	12
Faufte Magicien ,	338
Fleury , ou Floridus ,	238
Maugin ,	18 , 38 , 210
de Meun ,	219 , 233 , &c. 246
Molinet ,	235
li Nivelois ,	229
Olivier ,	238
de Paris ,	223 , 226
de Saintré ,	223
Venette ,	236
danfe mieux que Pierre ,	267
Jeanne , Reine de Naples ,	111
Jerufalem affiegée ,	76
Jefuite fur l'Echaffaut ,	266
à tout faire ,	267
Infenfible ,	ibid.
en belle humeur ,	266
Secularifé ,	ibid.
Sainfroid ,	267
Jeux de l'Inconnu ,	337
Jeux de Mathilde ,	67
Iffremont (Aigue d')	ibid.
Ildegerte , Reine de Norwege ,	120
Illuftre Amalafonte ,	49
Baffa ,	65
Captif ,	50
Genoife ,	109
Malheureufe ,	122 ~~154~~
	Illuftre

Jerus

Jefuit

Jeune

TABLE.

Illuftre Moufquetaire, 103
    Parifienne, 55, 99
    Perfan, 128
    Polonois, 51
Illuftres Françoifes, 101
    Fées, 282
    Infortunez, 69
Image du Monde, 232
Imaginations de M. Oufle, 340
    de Cypille, 313
Imperatrices Romaines, 72
Incefte innocent, 49
Inconnu, Roman, 48
Inconftance punie, 59
Indris (Gio. Maria) 32
Inés de Cordouë, 280
Infante déterminée, 39
Infantes de Lara, 213
Infortuné Florentin, 110
Infortuné Napolitain, 269, 270
Ingeniofa Helena, 333
Ingratitude punie, 125
Innamoramento del Delfino di Francia, 217
Innamoramento di Ruggeretto, 189
Innocence juftifiée, 106
Inquifition de la Baftille, 269
Inquifition de Rome, 268
Intrigues amoureufes de France, 86
Intrigues amoureufes de Gilbert, 142
Intrigues de Chriftine de Suede, 121
Intrigues de François I. 78
    d'Angleterre, 117
    Galantes de la Cour de France, 86
    fecretes de Savoye, 109
Introduction à l'Apologie pour Herodote, 264, 265
Invafion d'Efpagne, 104
Inventione delle croce . . 156

Joseph

TABLE.

Joseph d'Arimathie, 246
Josse (M. l'Abbé) 273
Joullet, 44
Jourdan de Blaves, 219
Journal amoureux, 55, 76
    amoureux d'Espagne, 107
    de la Cour de Vienne, 118
Journées amusantes, 347 1/
    de Chapuys, 315
    de Favoral, 316
    de Torquemada, 314
Jours lumineux, 285
Jouvencel, 246, bis.
Joyeuses Avantures, 312
Joyeux desespoir, 250
Iphigene de du Belley, 167
Hambourg (la Comtesse d') 119
Isaye le Triste, 180
Isle Galante, 147
Isle des Hermafrodites, 269
Isle de Naudely, 276
Isle d'Utopie, 270, 271
Ismael de Maroc, 127
Ismenias & Ismene, 12
Isquierdo de Piña (Juan) 133
Juan d'Autriche, 65, 105, 106
Judas Macchabée, 233
Iver (Jacques) son Printemps, 314
Juglean, 247
Juilli (Baudot de) 72
Jules Cesar, 70 bis.
Julie, Nouvelle, 146
Juliens de S. Gilles, 247
Juliette Bergeries, 137
Junie, ou les Sentimens Romains, 78
Jungerman, 4
Justina, 164
                  Juvenel,

Joseph ou la Providence   A   783.

Jouet de L'amour   -   -   -   62.

- - Galant   -   98
Journaliste amusant   .   .   .   345
      de Rome
    Galant   -   -   -   -   98. 315

Joyeuses narrations   -   -   .   312.
Irène   -   -   -   .   123
Iris et Daphnis   -   -   .   142.
Ivarn (Le Sieur)   -   -   -   .   145
Isle imaginaire   -   -   .   87.
Isle de Portraiture   -   .   -   140.

Juan de Palafox   -   -   .   170
Juan de Portugal et Inès de Castro   . 108.
Juegos de Noche buena   -   .   132
Jugement de Paris d'affoué   -   .   317.
Juguetes de la Niñez   -   .   133
Jupiter de Candie   -   .   -   .   68. 72.

TABLE.

Juvenel, 104
Juvernay (J.) 47

K

KANOR, Roman, 233
Kemiski Georgienne, 125
Kernofi (les Lutins de) 101
Kervaut (M. de) 328
Kontzen Jefuita (Adam) 273, 274
Kouchimen (le Prince) 126

L

LABERINTO d'amore di Boccaccio, 293, 295
Laberinto dell' Arifto, 332
Laboureur (M. le) 94
Ladice ou Victoires de Tamerlan, 126
Ladre ou Lazare & le Riché Homme, 236
Ladulphi (Leon) 311, 312
La Guette (Mad. de) 92, 93
Lambert Licors, 229
Lambert d'Oridoux, 240
Lancaftel (le Comte de) 118
Lancelot (le Sieur) 134
Lancelot du Lac, 177, 123, 247
Lancelot & Galleon, 247
Lande (Jeàn de la) 43. 44
Landi (Giulio) 69
Landré (Guill.) 211
Langage muet ou Secretaire Turc, 57, 148
Langage des Tetons, 141
Lannel (le Sieur de) Jean de) 262, 337.
Laodice de Pelifferi, 67
Lara (Infantes de) 213
Larrey (le Sieur de) 68, 75
Latre Perilloux, Roman, 247
Lavardin (Jacques de) 332

S 4   Lavaur,

TABLE.

Lavaur,	73
Laura (Olivante de)	214
Laurent du premier fait,	291
Lauzun (le Comte de)	87
Lazare ou Lazarille de Tormes,	261, 323, 324
Lazarillo de Manzanares,	132
Leales amantes de Pacheco,	22
Leandre,	
Leçons exemplaires de du Belley,	167
Leigni (Geoffroy de)	228
Lengueglia (Fr. Carlo de' Conti della)	30, 31
Lengueglia (Giov. Agostino de' Conti della)	30
Lepolemo,	201
Leon Ladulphi,	311, 312
Leonard Aretin,	238
Leonico (Angelo)	217
Leonidas & Sophronie,	61, 154
Leonora y Rosaura	137
Lepolemo,	201
Lesconvel, 70, 78 bis, 80, 98, 276, 282	
Lespinace, Roman,	244
Lettres d'Abelard,	75
Lettres historiques de du Noyer,	97
Lettres (Romans des)	338
Lettres Portugaises,	75, 148
Lettres sur la Princesse de Cleves,	81
L'heritier (Mademoiselle)	149 ter, 285
L'hotelfort (le Sieur de)	128
Libertins en Campagne,	269
Licors (Lambert)	219
Lidaman de Ganayl,	202
Liñan y Verdugo (Antonio)	132
Lindamire,	49
Lintason, ou Lintanson,	41
Lionne (le Comte de)	98
Lisdam (Henri du)	41, 44
Liswarte en Espagnol,	196, 197
Lizan	

TABLE.

Lizancourt (le Sieur de)   114
Logeas (le Sieur de)   220
Logique des Amans,   52
Loherans (Garin de)   227
Lokman , ses Contes,   284
Longi Pastoralia,   4
Lope de Vega Carpio,   333 *bis*
Lopez (Geronimo)   202 , 203
Loredano (Giovan. Francesco) 155, 156, 308
Lorraine (Louise-Marguerite de)   83
Lorraine (le Prince Charles de)   119
Lorris (Guillaume de)   233 , &c.
Loubaissin de la Marca,   213 , 220, 334.
Louis d'or,   145
Loups ravissans ou Doctrinal moral, 263 , 264
Lourdelot,   46
Louveau (Jean).   13 , 17 , 307
Louvencourt (le Sieur de)   110
Luce (le Chevalier)   179, 251, 252
Lucerna di Eureta ~~pag. 30, c'est une faut, il
faut mettre Luceina di Eureta,~~   32
Lucien,   51
Lucrine l'infidelle,   48
Lugo y Avila (Francisco)   133
Luna (Carlo della)   30
Luna (H. de)   324
Luque (Gonzalez Gomez de)   203
Luscinius (Othomarus)   309
Lussan (Mademoiselle de)   61 , 75
Lutins de Kernosi,   101
Luxembourg (Jean de)   312
Luzescanio,   202
Luzignan, Roman,   147
Luzman & Arbolea,   24 , 25
Lycée du Sieur Bardin   170
Lydamor de Escocia,   203
Lye, Roman,   247

                                        S 5   Lyon

TABLE.

Lyon d'Angelie,   56
Lyon de Bourges,   247
Lysandro y Roselia,   22
Lysandre & Calliste,   51
Lysandre, Nouvelle,   55
Lysigeraste   47

M

MABRIAN,   190, 194, 247
Macarise par d'Aubignac,   170
Macaronique de Merlin Cocaie,   254
Machiavel, sa Belphegor,   299, 330
Maçon (Antoine le)   38, 292, &c.
Mademoiselle de Montpensier,   87, bis 139
Madien (Philippe de)   250
Madonna & François d'Assise,   266
Madrid, sa Cour,   107
Magia d'amore,   335
Magno Vitei Rè della China,   217
Maguelone & Pierre de Provence,   36 ter.
Mahmoud de Gasnevide,   95
Mailli (Chevalier de)   70, 94, 150, 152, 153, 159,
    331.
Mailli (Thiebaut de)   227
Maiolino Bisaccioni,   29, 64, 121, 308
Maire (le Sieur)   32
Maire (Jean le)   309
Maisonneuve (Etienne de la)   180
Maisons de joye,   263
Maison des Jeux,   337
Maison Ottomane, ses Anecdotes,   123
Maître Gonin,   340
    d'Hôtel aux Halles,   327
    Regnard,   313
Maizieres (Philip. de)   335
Malades en belle humeur,   335
Maldonadi (Joan.) Hispaniola,   21
    Malespini

+ ce Mailly, filleul de Louis 14 et de la Reine Anne d'Autriche, Doraimierre, est auteur d'un Eloge de la Chasse, impr. à Paris en 1723, in 12 où il répète sérieusement la chasse d'un lièvre charmé d'après les Merveilles de Nature de René François (Etienne Binet jésuite).

Mainville (M.lle de) — — —103.

TABLE

Malespini (Celio)   308

Malnourry de la Bastille ,   10 , 60

Malvezzi (Virgilio)   70

Mamerot (Sebastien)   221

Manbriano del Cieco ,   28

Manbrino Roseo ,   201. 205 , 206

Mancini (Polès)   31

Manfredi (Lelio)   20 , 192

Manley (Madame)   117

Mante (le Sieur de)   313

Mantouë (Duc de)   111

Manzini (Gio. Batt.)   2 , 33

Mappemonde , Roman ,   232

Marana ,   85

Marc d'Aviano , Capucin ,   266

Marc , Roy ,   246 . 248

Marca (Loubaissin de la)   213

Marcassus (Pierre)   6 , 46 , *bis* , 209 , 273

Marcos de Obregon ,   132

Maréchal (André)   47

Maréchal de S. André ,

     Boucicaut ,   76

     de Boufflers ,   101

     de la Feuillade ,   92

     de Schomberg ,   138

Marguerite de Valois , Reine de Navarre ,   79

     310 , 311

     de Valois , seconde Reine de Navarre ,   83 , 260

Mari Jaloux ,   57

Mari Fourbé ,   57 , 97

Maria de Agreda ,   156 , 157

Mariages mal assortis ,   56

Mariages des Pucelles ,   253

Marianne de du Belley ,   167

Mariconda (Antonio)   303

Marics (Roman des trois)   157 , 236

S 6   Marie

TABLE.

TABLE.

Maulinet, ses Facétieux Devis,   312
Maulnourri de la Bastille,   153
Maurice Sceve,   28
Maximilien I. Emper..   118, 218
Mazarin, Duchesse,   93
Medo, Duchesse,   113
Medrano (Julian de)   334
Meheust (Madame)   61, 104
Mélancolie, son Coupe-cul, 319. Son Tom-
    beau,   322
Mélancoliques, leur Réveille-matin,   325
Mélanie, Veuve charitable,   172
Melanthe,   46
Meliadius en vers,   232
Meliadus & Giron le Courtois,   248
Meliadus de Leonnois,   174, 178
Melianthe & Cleonice,   46
Mélibée,   248
Melibée & Prudence,   ibid. bis.
Melicello & Caïa,   38
Melidor,   45
Melior,   174, 220
Melisthenes Roy de Perse,   128
Melisthenes, illustre Persan,   128
Melon,   95
Memoire de Darie par du Belley,   168
Memoires d'Almacheu,   102
       de la Cour d'Angleterre,   117
       secrets d'Angleterre,   114
       d'Artagnan,   89
       de Me Barneveldt,   122
       de Beaujeu,   120
       de M. B**.   89
       de la Charce,   102
       sous Charles VII.   76
       du Chevalier Balthazar,   99
       de la Comtesse de M**.   93
       de la Comtesse de Luif Kate   100

TABLE.

Memoires de la Connétable Colonne, 94 *bis.*
     En Italien,   112
   de la Duchesse de Bar ,   79
   de la Duchesse M★★.   93
   du Comte D★★. par S. Evremont ,
             93
   du Comte D★★. ou Guerre d'Italie ,   92
   Du Marquis D★★.   91
   de la Cour d'Espagne ,   106
   de la Fontaine ,   90
   secrets de la Cour de France , 88
   de la Marquise de Fresne ,   91
   Galans ,   100
   de Grammont ,   95
   de la Guette ,   92
   de la Guerre de Hollande ,   90
   de Hollande ,   122
   d'un Homme de qualité ,   103
   du Régne de Louis XIV.   90
   de Lyonne ,   98
   de Madam. Mazarin ,   93
   du Marquis de Montbrun ,   88
   de Mad. du Noyer ,   97 , 98 , 104
   d'Oldefield ,   117
   Politiques & amusans ,   122
   du Prétendant ,   117
   de Prodez ,   102
   de M. L. C. D. R. ou de Rochefort ,   89
   de S. André Montbrun ,   88
   du Serrail ,   55
   du Serrail sous Amurat II.   123
   de Sylvie de Moliere ,   55 , 99
   de Tournemir ,   103
   de Valois [Marguerite]   83
   de Vordac ,   91

Memo-

TABLE.

Memoriaux hiſtoriques par du Belley, 168

Mena (Fernando de) 9

Menandro, 27

Mendoça y Figueroa (Henrico Soarez de) 28

Mendoça (Diego Hurtado de) 201, 323

Meneſes y Ceſpedès (Gonzalo de) 26

Meneſſier, 181

Menſa Philoſophica Mich Scoti, 309

Meraugis de Porleſguez, 230

Mercader (Gaſpar) 130

Mercure Americain, 129

Mercurius Britannicus, 337

Mere rivale, 98

Mere ſotte, 335

Merlin Cocaie, 254, 323

Merlin l'enchanteur, 175, 176, 226, 248

Merluſine, 125, 248 bis 278, 279

Meroué Fils de France, 74

Merveilles de Merlin, 226

Mery (Huon de) 232

Meſchino di Tullia d'Aragona, 193

Meſquin (Guerin) 193, 245

Meſquino (Guerino) 193 ter.

Meſſalina, 32, 73

Meſſaline Reine d'Albion, 269

Meta (Fernandez) 164

Metamorphoſe d'Orante, 140

Metamorphoſe nouvelle & galante, 147

Metz (Gautier de) 232

Meun (Jean de) 219, 233, &c. 246

Meurſius (Joan.) Elegantiæ, 319

Meurvin le preux, 191

Mey (Sebaſtiano) 131

Meyrac (la Comteſſe de) 99

Mezieres (Plaiſant de) 248

Michel (Guillaume) 16, 17

Michielli (Pietro) 137, 332

Miles

TABLE.

Milès & Amis,	174, 218
Milet (Jacques)	243
Milet (Jean)	161
Mille & une nuit,	283 ~~284~~
& un jour,	~~284~~ ibid.
& un quart d'heure,	ibid.
& une faveur,	285
Imaginations de Cypille,	313
Milord Courtenay,	115
Paysan,	114
Minerbi (Lucio)	288
Mirandor, ses Avantures,	338
Miroir ou Metamorphose d'Orante,	140
Miroir de loyauté,	38
Miftica Ciudad de Dios,	156
Mital,	340
Moço de Muchos,	334
Mogiganga del gufto,	135
Moine fécularifé,	226
Moines, leurs tromperies,	265
Moines, leur vie,	ibid.
Moines en belle humeur,	266
Moines au Parloir,	ibid.
Moliens (le Reclus de)	230
Moliere Comedien,	28, 328
Moliere (Sylvie de)	99
Moliere, fa Polixene,	48
Molinet (Jean)	235
Moll (Petrus)	4
Momus François,	104, 329
Monarchia del Crifto,	156
Mondes Cornus du Doni,	258
Mondes celeftes du Doni,	ibid.
Mondi del Doni,	ibid.
~~Mogiganga. Voyez Moriganga.~~	
Monnoye (M. de la)	255, 314, 318
Montagathe,	46
	Montalvo

Sur M.^de De Murat et ses
ouvrages, voir La Bibliothèque
universelle des Romans, 2.^e
volume de Juillet 1775, et Juin
1776, Pag. 137, 138, 156 — 158.

TABLE.

Montalvo ou Montalbo (Odoñez de) 195, 196
Montalvo (Luys Galvès de)   333
Montalvan (Juan Perez)   133, 134, 160
Montberaud (le Prince de)   276
Montbrun, ſes Memoires,   88
Montemayor (George de)   23
Montfalcon (le Marquis de)   98
Montlyart (Jean de)   10, 17
Montmorenci Connétable , 80.   Heros, 79
Montmouth (Duc de)   116
Montpenſier Princeſſe ,   87 , bis 139
Montpenſier ou Mademoiſelle ,   87 , 139
Montreux (Nicol. de)   39 bis , 138 bis 209
Mont ſacré (Ollenix du)   39 bis.
Morale galante ,   52
Morando (Bern.)   33, 68.
Moreno (Miguel)   137
Morgant Geant ,   182, 191, 192
Moriſot (Claud. Bartholom.)   84
Morlini Novellæ ,   299
Mormon Paraſite ,   326
Morts reſſuſcitez,   150
Morus (Thomas)   270, 271.
Motte (le Sieur de la)   50, 51
Motte Roullant ,   312
Motteux (Pierre)   255
Mouchemberg (le Sieur de)   273
Moulere Cavallero Gaſcon ,   270
Moulinet Sieur du Parc ,   41. 327
Mouſquetaire Amant ,   98
Mouſquetaire Heroine ,   99
Moxiganga del guſto ,   135
Moyen de parvenir ,   318
Mule ſans frein , Roman ,   248
Mundus alter & idem , Λ   337
Murat (la Comteſſe de)   58 , 77 , 101 , 282
Mutation de fortune ,   35

Λ (autore Joſepho HALL, Epiſc. Norwicenſi, Mylord
1656, ſub Lawû Mercurii Britannici)

TABLE.

Mylord Courtenay,   115
Myſtique Cité de Dieu,   157

N

NADAL (l'Abbé)   72-282
    Nantuel (Doon de)   230
Nantuel (Garnier de)   ibid.
Nantuel (Guyot de)   ibid.
Napolitain,   112
Nave, Novelle amoroſe,   308
Navigations de la Bouteille,   257
          de Panurge,   256
Naudely, Iſle,   276
Navidades de Madrid,   134
Navidado de Zaragoça,   ibid.
Nembrot, ſes Amours,   274
Nemours (le Duc de)   82
Neoptoleme fils d'Achilles,   276
Ne pas croire ce qu'on voit, de Bourſaut, 145
Née la Rochelle (Jean Batt.) 76
Neron, ſes Amours,   73
Nerveſe (A. de)   41 bis, 336
Nevelois (Jean Li)   229
Neuf matinées de Cholieres, 315
Neuf Preux, leur triomphe, 194, 195
Nicandre, Nouvelle,   144
Nimphale di Boccaccio,   294
Nimphas y Paſtores de Henarés, 25
Nimphe Amarille,   138
Noble (Euſt. le) 73, 94, 110, 115, 120, 123,
    124, 125, 150 bis, 151, 317, 328
Noble Venitienne,   146
Noches Claras de Faria y Souſa, 133
      Entretenidas,   134
      de Invierno,   130
Nodot (François) 14, 15, 95, 253, 279
                    Nouveau

No
No
No
No
No

TABLE.

Nouveau Gentilhomme,
    Guliver,   342
    Panurge,   256
    Regnard,   233
    Regnaud,   251
    Tristan,   179 *bis.*
Nouveaux Contes des Fées,   282. 283
    Contes à rire,   322
    Desordres de l'Amour,   96
Novelas de Alcala y Herrera,   135
    de Diego Agreda,   132
    de Camerino,   133
    de Mariana Carvajal y Saavedra, 134
    de Andrès de Castillo,   135
    de Alonzo Castillo, 133, 134, 135, 136
    de Cervantes,   130, 131
    de Cespedès y Menesez,   133
    de Isquierdo de Piña,   *ibid.*
    de Juan Cortez,   132
    de Leonora y Rosaura,   137
    de Antonio Liñan,   132
    de Lugo y Avila,   133
    de Mejores ingenios de España, 136
    de Montalvan,   133, 134
    de Miguel Moreno,   137
    de Bautista Remiro,   136
    de Solorzano,   137
    de Isidoro Roblès,   *ibid.*
    de Maria de Zayas,   135 *ter.*
Novellæ Morlini,   299
Novelle antike,   286
    di Bandello,   303, 304
    di Bargagli,   308
    di Boccacio,   286, &c.
    di Sebast. Erizzo,   306
    di Firenzuola,   303
    di Giovan. Fiorentino, 298
               Novelle

TABLE.

Novelle di Giraldi, 305
di Granucci, 306, 307
di Gualteruzzi, 286, 307
de' incogniti, 308
di Majolino Bisaccioni, ibid.
di Malespini, ibid.
di Loredano, ibid.
di Mariconda, 303
di Masuccio, 299, 300
di Parabosco, 305
di Pecorone o vero di Giovanni Comico, 298
d'Ascanio Pipino, 308
di Sabadino, 300
di Sansovino, 306
Nouvelle d'un bon Prélat, 312
Amaranthe, 48
Astrée, 56
Fabrique de véritez, 314
Françoise, 103, 145
Psyché, 153
Talestris, 129
Nouvelles Africaines de le Noble, 150
Africaines de Ville - Dieu, 55
de l'Amerique, 129
amoureuses & galantes, de Brosche 146
anonymes, 310, 313
de Boisrobert, 139
de Cervantes, 131
de Gabr. Chapuis, 315
comiques & tragiques, 144
diverses, 141
galantes d'Elizabeth d'Anglet. 115
d'Elizabeth Reine d'Angleterre, 145
Espagnoles d'Aulnoy, 106
des celebres Espagnols, par Lancelot, 134

Nouvelles

TABLE.

Nouvelles Françoises & Espagnoles, 150
    Françoises de la Princ. Aurelie, 139
    du Giraldi, 305
    de Madame de Gomez, 155
    de Mademoiselle L'heritier, 149
    heroiques de Boisrobert, 139
    historiques (149
    plaisantes & facecieuses, 313
    de la Reine de Navarre, 310, 311
    Récreations de Desperiers, 313
    de la Rocheguilhen, 152
    de Scarron, 139, 326
Nouvelles toutes Nouvelles, Chev. de Mailli, 152
Nouvelles Nouvelles, 141
Nouvelles Nouvelles (Cent) 309
Nouvelles Nouvelles (Cent) de Gomez, 155
Nouvelles Nouvelles (Cent & six) 312
Noyer (la Dame du) 97, 98, 104
Nuñez de Reinoso, 22

Obeilh — — 126

O

/o O BRÉGON (Marcos) 132
    Observations historiques, par du Bel-
ley, *de* 168
Occurrences remarquables, ~~par~~ du Belley, *ibid.*
Octavie, 56
Oeuvres mêlées de Mademoiselle L'heritier, 149
Oeuvres mêlées de Madame de Gomez, 154
Oeuvres mêlées de du Noyers, 104
Oeuvres diverses de Mademoiselle de la Roche-
    guilhen, 152
Ogastegui (Andrès Fernandez de) 137
Ogier le Danois, 182, 191, en vers, 232, 249
    en vers leonins, *ibid.*
Oldefield Actrice Angloise, 117, 118
Oleastre, son desespoir, 168
               Olenix

TABLE.

Olenix du Mont sacré,   39 bis, 139 bis
Olimpia Maldachini,   111.
Olympe & Byrene,   41
Olympe d'Amours,   ibid.
Olinda,   117
Olivante di Laura,   214
Oliveros de Castilla,   201
Olivier de Castille,   174, 211
Olivier (Jean)   238
Olla Podrida,   334
Ollenix du Mont sacré,   39. bis.
Orasie, Roman historique,   83
Ordoñez de Montalvo,   195, 196
Ordres de Chevalerie de Champier,   172
        d'un Hermite,   173
Orian & Girard,   249
Oridoux (Lambert d')   240
Origine des Romans,   1 & 2, 53
Origine de la Royauté,   274
Orlandino,   322
Orlando di Lod. Dolce,   185
Orlando Innamorato,   184, 185
Orlando bandito,   189
Orlando furioso,   186, 187
Orlando furioso continuato,   189
Orleans (Duc d')   5
Orophile en desordre,   57
Orphise,   125
Ortegua (Melchior de)   204
Orthea, Roman,   249
Ortuñez (Diego)   201
Osman Empereur des Turcs,   123, 125
Osmon de Metz,   232
Ossera (Marqués de)   26
Otii dell' Estati,   34
Otto Giornare di Costo,   307
Ottomans , Anecdotes de leurs Maisons, 123
                 Oudin

Marginal handwritten notes:
olympo (Bal-tassar) 330
olyv
olir
oliga
oliv
ope
6 pa
op
On
Ori
Orl
Orp
Or

TABLE.

Oudin (Cefar)   9, 216, 317
Oufle (Mr) fes Imaginations ,   340
Ouville (le Sieur d')   136, 316
Oyfeaux (Roman des)   140

P

PACHECO (Luys) de Narvaez ,   22
Page difgracié de Triftan ,   326
Pairs de France ,   181, 225, 226, 249
Païfan de qualité ,   114
Paix-de Lizancourt (le Sieur de la)   *ibid.*
Palavicino (Ferrante)   33 *bis*, 268, 269
Palemon ,   40
Palemon & Arcita , leurs Amours ,   238
Palerne (Guillaume de.)   174, 220
Palladien de Bretagne , Roman ,   212, 249
Pallu de Doublainville ,   58
Palmerin d'Angleterre en Efpagnol ,   200
                en Italien ,   205
                en François ,   211
Palmerin d'Olive en Efpagnol ,   119
                en Italien ,   205
                en François ,   240
Palombe , par du Belley ,   168
Pandarnaffus ,   214
Pandolphe Roy de Boheme ,   119
Pandore ,   238
Pandofto ,   44
Panfile & Nife ,   52
Pantagruel & Gargantua ,   254, 255, 256
Panthera (Gio. Ant.)   156
Panurge ,   256
Paolucci , continuatione di Orlando furio-
    fo ,   189
Paon , Roman ,   229, 253
Papegaux , Conte ,   175
                                       Paphlagonie

TABLE.

Paphlagonie (Princesse de)   87
Parabolco (Girolamo)   305
Paræus,   8
Parangon des Nouvelles honnêtes ,   310
Parasite Mormon ,   326
Paris (Alexandre)   229
Paris & la belle Vienne ,   36, 37 *bis*, 238
Parmenide de Macedoine ,   69
Parthenay , Roman ,   247
Parthenice , par du Belley ,   168
Partheniüs ,   3 & 4
Partinuples ,   19
Pascoli (Gabriele)   30, 331
Pasini (Pace) il Cavalliere perduto ,   218
Passages d'outremer ,   221
Passavant , Roman ,   249
Passe-par-tout galant ,   151, 152
Passe-par-tout de l'Eglise Romaine ,   263
Passe-temps royal ,   86
Pastores del Betis ,   334
Pastor de Filida ,   333
Pastor de Iberia ,   25
Patrañuelo de Juan de Timoneda ,   130
Patrocle & Philomele ,   40
Pavillon (S. G.)   24
Pays d'Amour ,   142
Pays (René le)   *ibid.*
Paysan de qualité ,   114
Pazzesca Pazzia ,   30
Pazzi , Conjuration ,   110
Pazzi amorose di Telluccini ,   260
Pecorone di Giovan. Fiorentino o Comico,   298
Pedrillo del Campo ,   329
Pedro Hernandez ,   327
Pelage ou Entrée des Maures en Espagne,   104
Pelée , Roman ,   149
Peligros de Madrid ,   136
          Peligros

Paradis d'amours. - - 336.

Parc de noblesse - - - 335

Paris é la Duchesse - - - 229

Parivel histoires facetieuses. 321.

Parthenopee ou Parthenopler de Blois, Roman
en vers de 8 Syllabes, MSt de S. Germain des prés, et
à Berne. J'en ai une Copie
de la main de Dom Lobi-
neau, Bénédictin de S. M.

Partisans Demasquez - - - 270

    Passepartout des Luneux - 151

    Passepartout des Caquets - - 324

Passerat - - - - A.

Passetemps agreables - - - 154.

Passetemps joyeux - - - 322.

Pasteurs de la Nuit de Noel - - 170.

Pastor de Noche buena - - - 170

Pastor de Lenarda - - - 334.

Pastores de Belen - - - 333.

Saulegraphie ou La belle Saule - 94 81.

Paysan parvenu - - - 104.

Paysane parvenue - - - 104.

Paysan gentilhomme - - - 155

TABLE

Peligros de Corte,   132

Pelisseri,   67, 274

Pellerin (Songe du vieil)   335

Pellerin Etranger,   48

Pellerinage de l'homme,   157, 158

Pellerinage de la vie humaine,   158, 236, 251.

Pelletier (Jacques) du Mans,   314

Pellizer de Salas (Joseph)   272

Pensées du Solitaire,   171

Pentagone historique de du Belay,   168

Pentamerone del Cavalier. Basile,   309

Pepin & Berthe,   250

Perceforest,   176

Perceval le Galois,   180, 228, 250

Peregrin & ses voyages aux Enfers,   335

Peregrin Roman,   250

Peregrinaggio di Giovani di Sarendippo,   331

Peregrino di Cauceo.   29

Peregrino en su Patria,   333

Peregrino Cavallero,   31

Perez (André)   165

Perez de Bobadilla,   25

Perez de Montalvan (Juan)   133, 134

Perez [Alfonso]   23

Perkin faux Duc d'Yorck,   114

Periers [Bonaventure des]

Perion de Gaula,   196

Peristandre,   50

Pernetti [M. l'Abbé]   277

Perrault d'Armancourt,   280

Perret [le Sieur du]   52, 67

Perrinet du Pin,   250

Persiani (Oratio)   43

Persilès y Sigismunda,   26, 27

Peruviana,   84

Pescatore [Jean-Bapt.]   189 *bis.*

Peters Jesuite,   267

Petit [le Sieur]   135, 140

Tome II.   T   Petit

TABLE.

Petit de la Croix [le Sieur]	284
Petit Jean de Saintré,	223
Petits Soupers,	59
Petrone,	14, 15, 253
Petronille de du Bellay,	168
Phalfebourg [la Princeffe de]	119
Pharamond de la Calprenede,	64
Pharfamon,	61
Philadelphe,	57
Phidie & Gelafine,	38
Philalœllia,	165
Philander,	11
Philandre & Pafferofe,	38
Philaremo [Antonio]	330
Philarmonico Academico,	30
Philaftès companeo,	198
Philaxandre,	46
Philena di Nicolo Franco,	29
Philicrate,	53
Philidor, fes Avantures,	153
Philippe Duc d'Orleans,	5
Philippe de Macedoine,	244
Philippe de Madian,	250
Philippe [J.]	40
Philippe Quarll,	118, 341
Philocopo di Bocaccio, 296, en François, *ibid.*	
Philofophe Anglois ou Cleveland,	116
Philofophe Sydrac,	157
Philofophie des Heros,	172
Philofopho del Aden,	334
Philoteo di Amadeo [Giulio]	217
Phydie & Gelafine,	38
Piamonte [Nicolo de]	183
Piazza univerfale di Garzoni,	259
Picara Juftina,	164
Piccolomini [Alexandre]	257
Picore [Jean de la]	261
Pie II. Pape,	109, 110, 161, 162

Pierre

TABLE.

Pierre de Blois ,	250
Pierre Gringoire ,	335
Pierre [Jean de la]	261
Pierre de Provence ,	36, ter, 226
Pierre du Riez ,	233
Pierre Philosophale des Dames,	154
Pietra-Buena [Antonio de]	134
Pietro Aretino ,	300, 301, 302
Pieuse Julie de du Bellay,	168
Pigna de' Romanzi ,	3
Pignata [Joseph]	268
Pimpie [Solminiac de la]	71
Pin [Perrinet du]	250
Piña [Juan Isquierdo de]	133
Pindare & Corine ,	68
Pindaro Soldado ,	133
Pinto Ramirez [André]	165
Pipinio [Ascanio]	308
Pirès [Gaspar]	27
Pisan (Christine)	249
Pise [Chrestien de]	236
Pitocco [Limerno]	322
Pesant de Boisguilbert (Pierre le)	116
Plaisant de Maizieres ,	248
Plaisantes Journées de Favoral ,	316
Plaisir [le Sieur du] sur les Historiettes ,	3
Plaisirs & chagrins de l'amour ,	154
Platir, 200, Italiano ,	205
Plus d'effets que de paroles ,	148
Pogge Florentin ,	299
Poggius Florentinus ,	298
Poissenot [Benigne]	314
Poisson Comedien nouvelle ,	100
Polemire ,	51
Polemon & Arcita ,	238
Polexandre de Gomberville ,	63
Policiano y Filomena ,	22

T 2　　　Po-

TABLE.

Policisne de Boecia, 213
Polimantes, Prince d'Arsine, 225
Polindo, 200
Poliphile, son Songe, 161, 162
Polisman, 201, 205 ...
Polistor, par du Belley, 168 ...
Politique des Coquettes, 140
Polo [Gil] 23 24
Polyandre, Hist. comique, 325
Polyxene de Moliere, 48
Pompe [le Sieur] 308
Pompée, 210
Pomponius Chevalier Romain, 95
Pona [Franc.] 32, 73, 272, 332
Pontus de Gallice & Sidoine, 180, 250
Pornoboscodidascalus Barthii, 301, 310
Porretane di Sabadino, 300
Porro [Girolamo] 187
Porto Novelle amorose, 308
Porto [Louis] 29
Portraits des foiblesses humaines, 54
Portsmouth, Duchesse, 116
Portugal [Francisco de] 28
Pozo [Matthias Aguirre del] 134
Prado de Valencia, 130
Prasimene, 32
Pratolino, 30
Précieuse, 51
Prédiction accomplie, 97
Premio de la Constancia, 164
Premier Acte du Sinode nocturne, 41
Premier fait [Laurent du] 191
Premio de la Constancia, 27
Premois [Geneviefve] 103
Premont [le Sieur de] 295
Preschac, 88, 94, 95, 99, *bis*, 106, *bis*, 107,
 109, III, 113, 119, 124, *bis*, 215, 226, 146, 146

Bour

TABLE.

septies, 147, 281, 326, 338.   100
Préfidente Ferrand ,
Prétendant , ou Chevalier de S. George ,   117.
Prevoft ci-devant Benedictin , & depuis bien
  autre chofe ,   103 , 116
                                                  191
Preux Meurvin ;
Preux [les Neuf]   194 , 195
Priceus [Joan.]   15
Primaleon de Grece en François ,   210 , 211
Primaleon & Polendos ,   199
Primaleone in ottava rima ,   205
Prince des Aigues marines ,   283 ~~151~~
        d'Albanie ,   125.   126
        Aprius ,   321
        de Carency ,   80
Bourbon Charles de Lorraine ,   119
        de Condé,   55. 82
        Ennemy du Tyran ,   49
        Eraftus ,   158 , 159 , 243
        Efclave ,   147
        Galliot , ou Decameron de Boccace , 191
        Jakaia ,   125
        Jaloux ,   60
        Infortuné ,   92
        Kouchimen ,   126
        de Libie ,   129
        de Longueville ,   78
        de Maroc Ifmael ,   127
        de Montberaud ,   276
        de Numidie ,   119
        de Perfe ,   127
        Rivaux ,   58
        de Sarendip ,   331 , *bis.*
        Scythe ,   128
        de Sicile ,   113 , ~~119~~
Princeffe Agathonice ,   56
        d'Angleterre ,   114 , 115
                            T 3   Prin-

TABLE.

TABLE.

Psyché d'Apulée ,   17, 18
Psyché de la Fontaine ,   53
Pucelles , leurs mariages ,   253
Pucelle au Cœur d'acier ,   219, 242
Puise (Rusticien de)   178
Puits de la Vérité ,   339
Pulci (Luigi)   191, 192
Putana errante di Pietro Aretino, 302, 319,
  di Veniero ,   ibid.
Puttanismo Moderno ,   303
Pyrenée Pastorale ,   80

Q

QUARLL (Philipp.) Ses Advantures , 118,
                                                               341
Quatre-Dames , Roman ,   250
Quatre-Fils-Aymon , 182, 189, 190, bis ,
                                             194, 225, 240
Querelle des Dieux ,   94
Question de Amor ,   20
Quevedo (Francisco de) 133. 262, 325, 326
Queyras ,   46
Quintana (Francesco de)   27, 28
Quinta de Laura ,   136
Quinze Joyes du Mariage ,   256
Quichote Chevalier errant ,   215, &c.
Quiros (fran. Bernardo de)   23

R

RABELAIS (François) 254, 255, 256
Rabelo ,   27
Rabutin Bussi ,   85
Raggionamenti di Pietro Aretino , 300, 301
                                                               302
  di Firenzuola ,   303
Ragot Prince des Gueux ,   311

T 4   Rag-

TABLE.

Raggnagli del Regno d'Amore, 32
Ramirez (And. Pinto) 165
Ramſay (M. de) 276, 277
Raoul le Fevre, 237
Raoul de Hondanc, 230 *bis*
Raſibus des Capucins, 266
Raveſan (Mad. de) 94
Raviſſement de Clarinde, 47
         de l'Helene d'Amſterdam, 122
Raymond de Barcelone, 105
Raymond de Touloufe, 220
Raymondin & Merluſine, 279
Re Tiranno di C. Torre, 271
Reali di Franza, 217
Récréations Galantes, 337
Recueil de plaiſantes Nouvelles, 313
Reclus de Moliens, 230
Redoutable Aveugle ou Ziska, 119
Refugio de' Amanti, 330
Regina Fortunata, 32
     Arabiæ, 128
     de Belli humori, 32
Regnard contrefait, 235
Regnard nouveau, 233
Regnault (L.) 44
Regnerie (le Sieur de la) 41
Regrets de Sancho Panza, 217 ~~119~~
Regule par du Bellay, 168
Reine Bergere, 58
Reine Elizabeth, 115, *bis.*
Reine d'Ethiopie, 127
Reine Genevre, 244
Reine de Luſitanie, 108
Reine de Pologne, Venda, 119
Reine de Sanga, 128
Reine de Zarah, 117
Reinofo (Alfonſo Nuñez de) 22
                Rei-

Religieuse Esclave — — — · · 147

Religieuse malgre'Elle · · · · · 153

Religieuse penitente · · · — 150.

Remedes d'amours — — — — 161.

Rencontres funestes par Du Belloy · 168·

Renoncement de soy meme par Du Belloy 168·
Reponse (Masillo) — · · · · · · 323
Rethima belle georgienne — — · · 67·
Retraite de la Marquise de Gozanne · · 155·

Rettorica della monache · · · · 265
Revuë des trouppes d'amours — — — · 142·
Rey Galla — · · · · · 327·
Reyes (Matthias de los) · · · · · 27· Ahinsaus et
Richebour (Maugin de) · 19· 21· 27· 108· 155· Sapphira 155

Riemer (Joan.) — — · · · 315 321·

Rij
Rinaldo di Torquato Tasso — — · 184·
Ringhieri cento Givochi · · · · 307·
Ritratto d'amore — — · · · 30

Rizzi (Isidoro — · · · · 84

TABLE

Reinofo (Pedro de)	184
Relations Morales par du Bellay ,	168
Religieux marié ,	118
Religieuse Cavalier ,	147
Religieuse en Chemise ,	267
Religieuse interessée ,	117
Religieuse mariée à Dublin ,	117
Religieuse Portugaise ,	75
Remiro ,	136
Remy (Abrah.)	24, 46, 68
Renaud l'Amoureux ,	184, 185.
Renaud (Nouveau)	251
Renaud de Montauban,	184, ter, 185, 189, en Vers, 230, 250
René d'Anjou R. de Sicile ,	181, 237. 251.
Renneville (Conftantin de)	269
Renoult (le Sieur)	266
Répit de la mort , Roman ,	251
Repos de Cyrus ,	277
Retour de Campagne ,	93
Rettorica delle Puttane ,	302
Revay ou le Vayer ,	67
Reveille-matin des Mélancoliqu s ,	325
Reyes (Mathias de los)	27
Rhamiſte & Ozalie ,	67
Richard Sans Peur ,	174, 221, 226
Riche-Homme & le Ladre ,	236
Richelieu Cardinal ,	84
Richemont (le Comte de)	114
Riez (Pier. du)	233
Rinaldini l'Innamoramento di Ruggeretto,	189
Rinaldo appaſſionato ,	184. 190
Rival après la mort ,	140
Rivale ,	147
Rivale traveſtie ,	95. ibid.
Rivey (Pier. de la)	260. 307
Robert de Bourron,	176, 177, 248, 252

T 5   Robert

Le Retour de l'Isle
d'amour (imprimé vers
1660) petit Roman com-
posé à l'âge de 16 ans,
par Pierre Aubert né à
Lyon le 3 Février 1642
mort en 1733 après avoir
donné quelques Ouvrages
entr'autres une nouvelle
Edition du Dictionnaire
de Richelet, avec grand
nombre d'additions, Lyon
1728, in fol. 3 vol, édit.
dans laquelle est la Bibli-
othéque des Auteurs cités
sous ce Dictionn.re dressé
par M. le Clerc Sulpicien
à Lyon, auteur du Traité
du Plagiat MSt. (Voy.
Lyonnois de Pernetti II. 252)

Reynaldos de Montalvan - - - 184

TABLE.

Robert le Diable ,   174, 220, 225, 25♦
   en Espagnol ,   221
   Gobin ,   264
Robinson Crusoé ,   341
Roblès (Isidoro)   137
Roche (Jean de la)   313
Rochefoucaut Duc ,   81
Rochefort ,   89
Rocheguilhen (Mad. de la) 73 , 74 , 97.104. 119 , 150 , 152.153
Rochelle (Jean-Bart. Née , la)   76
Rochelle (le Sieur de la)   121
Rodogune ,   67
Rodrigo Historia Iberica ,   104
Rogel de Grece ,   198, 199
Roger , son Histoire , 184. Sa mort ,   189
Roger de Calabre ,   111
Rohan Duc ,   91
Rohan Chevalier ,   92
Rojas (Fernando de)   332 , ter.
Rois & Reines d'Angleterre , leur Hist.   113
Rois & Barons de Bretagne ,   251
Rolland amoureux ,   184, 186
   furieux ,   188, 251
Rolli (il signor)   290
Roman   d'Albanie & de Sicile ,   49
   Bourgeois ,   327
   de la Charité ,   229
   Comique de Scaron ,   326
   des Dames ,   47
   des Elles ,   230
   de l'Espinace ,   144
   de Fortune par Boece ,   235
   de Fortune & Félicité ,   244
   Galant ,   54
   Heroique ,   48, 220
   de l'humain Pelerinage ,   236
   de l'Inconnu ,   48
   des Indes · · · · 337. Roman

- - - Tartare - - - - - - 153.
- - - Theffalonique - - - - 85.

Rome, Ses Journées - - - 315.

Ronciu Laelia Caffandra - - - 34.
Rosalie - - - - - 282.
Roselis ou Ste Suzanne de DuBelley 168.

La Rosalinda ital.
de Bern. Morando, n'
est-elle pas une imitati-
on de l'illustre Rosalinde
histoire véritable Paris 1651
et Fuite de Rosalinde par
Dutheudier, Paris 1648 in 8°?
Quelle Edit. de l'Italien —
avez-vous? L'imitation
françoise de l'Ital. impr. en
1732, in 12 2 vol est dit ou
de M. de Fontanieu, alors In-
tend.t de Dauphiné
née I. Rainville

TABLE.

Roman des Lettres,   33 7/

     des Royaux lignages,   235

     de la Mappemonde,   232

     des Oyseaux,   140

     du Riche & du Ladre,   236

     du Paon,   229

     des trois Preux,   252

     des Romans,   210

     de la Rose,   233, 234, 235

     Royal,   84

     Satyrique,   262

     des sept Sages,   231, 251

     Veritable,   50

Romans leur origine,   1. & 2

Romanzi di Pigna,   3

Romanzi di Giraldi,   2

Rome galante,   70

Romeo Montachi,   70

Romulo di Malvezzi,   183. 184.

Roncevallès su batalla,   183, 187. 240.

Roncevaux,   243

Roncevaux, sa destruction,   185

Ronse (le Sieur de la)   104, 329

Roquelaure (le Duc de)   33

Rosalinda, Rosalinde & sa suite,   49

Rosane de Desmarets,   233, 234, 235

Rose (Roman de la)   269, 270

Roselli ses avantures,   67

Rosemire,   201. 205, 106

Roseo (Mambrino)   220

Rosidor de Constantinople,   30

Rosmonda,   256

Rossel ou Rosset (François de)

Rosset (François de) 131, 186, 188, 209,
     201 5, 225, 312. 336.

Rossi (Fulvio de)   217

Rossillon (Gerard de)   244.

T A B L E.

Rou (le Sieur le)   141
Rou , Roman ,   226
Roullant (la Motte)   312.
Rousseau de la Valette (Michel) 120 ,   bis.
Roxas Alarçon ,   24
Roy Almanzor ,   126
Roy Artus ,   175. 240
Roy de Blanche ,   241
Roy Marc ,   248
Rois d'Angleterre ,   113 , 227
Royaume de la Coqueterie ,   138 , 142
Royaux lignages ,   235
Royer (Colin)   312
Rois & Barons de Bretagne ,   251
Royaume des Amans ,   142
Ruffine (Dona)   108
Ruggeretto figlio di Ruggiero ,   189
Ruggiero ,   ibid.
Ruremundo Principe ,   30
Ruses d'amours ,   138. 147. 317.

S

Saavedra (Dona Mariana Carvajal y)   134
Saavedra (Gonzalve de)   334
Sabadino ,   300
Sabia Flora ,   27
Sabia Donzella Teodora ,   156
Sacy (M. de)   60
Sadeur , son voyage ,   338
Sage (le Sieur le) 104, 137, 163 , 186, 216, 262 , 284 & 329.
Sainfroid Jesuite ,   267
Saint désespoir d'Oleastre par du Bellay ,   168.
Saint Evremont ,   93.
     Graal ou Greal ,   274 , 251
     Saint

TABLE.

Saint Hyacinthe de Themiseul,   118

  Martin (Filleau de)   216.

  Martin (Compain de)   17

  Martin (Madame de)   108

  Maurice (Alcide de)   142.

  Patrix, son Puits,   159.

  Real (l'Abbé de)   55. 93. 96, 105

Sainte Maure (Benoist de)   252

Saintonge (Me Gillot de)   24. 98, 108

Saintré (Petit Jean de)   223.

Sainville,

Sala de recréation de Alonzo Castillo,   134

Sala (Pierre)   179.

Salas (Alonzo de)   27

Salas de Borbadillo (Alonzo Geron. de)   333.

Salas (Hieron. de)   27. 133. 334   27   Alonsor

Sale (Ant. de la)   223

Salisburi (la Comtesse de.)   114

Salladien,   219.

Salmasius,   7

Salvini (Antonio Maria)   18, 19.

Salusses (la Marquise de)   119

Sandisson (M. de)   285.

Sanso Pansa,   217   329

Sandras des Courtilz, 88, bis, 89, ter, 90,

  quinquies, 91, sexies, 92, ter.

Sandrin, ou Vert galant,   138.

Sannazar (Giacopo)   330

Sans Parangon,   281

Sansovino (Francesco)   306

Sant-Pedro (Diego)   19. 20

Sant-Pedro (Hernandez)   19.

Santissimæ Crucis Historia,   156.

Santos (Francisco de)   136, 137, bis. 327 bis

Sapho,   68

Sapor Roy de Perse,   67

Sarendip (les Princes de)   331, bis.

        Satia

TABLE.

~~Satia Flora~~, ~~17~~

Satyra Sotadica Aloyfiæ Sigeæ, 320, 321

Satyricon Barclaii, 254

Savoye (Comteffe de) 109

Scaligeri (Camillo) 331

Scanderberg de Chevreau, 65

      de la Rocheguilhen, 119

      Prince d'Albanie, 126

Scaramouche, fa Vie, 323

Scarron (Paul) 139, 326

Sceve (Maurice) 22

Science & Ecole des Amans, 143 ~~338~~

Scomberg Maréchal de France, 138

Scipion de Vaumoriere, 64

Scotus (Michaël) 309

Scriva (Luis) 333

Scudery, Caloandre fidele, 33. Illuftre Baffa, 65. Artamene ou le grand Cyrus, 66. Clelie, *ibid.* Almahide, *ibid.* Mathilde d'Aguilar, 67. Jeux de Mathilde, *ibid.* Celanire ou defcription de Verfailles, *ibid.* & 94. Bains des Thermophiles, 70

Sebaftien de Portugal, 108

Secret, Nouvelle, 146

Secret des Romans, 47

Secret de l'Amour, 57

Secretaire Türc, ^65. 143

Segrais (Jean Renaud de) 53, 81, *bis.* 139

Selifandre, 49

Semaine de Montalban, 134.56

Semelion, 341

Senectaire (Mademoifelle de) 83

Senofonte, 18

Sentimens fur les Hiftoires galantes, 3

Sept Sàges de Larrey, 68

Sept Sages de Rome, 231, 251

Seraphin Poëte Italien, 309

      Seraskier.

Saturnales françoises — . . . 344

Satyre menippée contre le Mariage 261.
Satires Innocentes — . . . 308
Saumery voyage au Levant . . . 342.
Saxe gallante . . . . . . 119.
Scalion de Villebluneau . . . . 39.

Scipion et annibal 70

Secret des Nouvelles . . . . 147..

Secrettes ruses d'amours. . . 138 317.
Segura (Juan de) 27
Selva de aventuras de Contreras. 24. Selim frere de Mahomet
II 123
Semaine amoureuse. 48

TABLE.

Seraskier Bacha,	124
Sere dell'Adda,	30
Serre (Puget de la)	47, 48 - 122,
Serré (M. de),	34
Serrées de Bouchet,	315, 316
Servies, ses Imperatrices Romaines,	72, 73
Sethos Roy d'Egypte,	277, 278
Sevarambes, leur Histoire,	339
Sevin (Adrien)	297
Sferamonte di Grecia,	206 ...
Sibylle de Perse,	50
Sidney (Philippe)	44
Sidrac Philosophe,	157, 251
Siecle d'or de Cupidon,	141
Siege de Constantinople,	123
Sierra (Pedro de la)	201
Sigea (Aloysia)	320, 321
Siglo d'oro,	334
Silene d'Urfé,	41 ...
Sileno d'Oratio Ciaccomari,	277
Silva (Feliciano de)	202
Silvis de la Silva en Espagnol,	198, 199 205
Siperis de Vineaux,	230
Sire d'Aubigni,	98
Siroez & Mirame,	127
Soarez de Figueroa,	26
Sobieski Roi de Pologne (Jean),	120
Sobremesa de Juan de Timoneda,	129, 130
Sœurs rivales,	102
Soirées Bretonnes,,	283, 341
Soissons (Comte de)	83
Soldado Pindaro,	133
Solitaire, Nouvelle,,	56
Anglois,	118, 341
ses pensées,	171
Solitaires en belle humeur,	341
Solitude amoureuse,	47
Solitude ou L'amour philosophique	337

TABLE.

Solorzano (Alonzo de Castillo)   268
Sonan (le Sieur de)   45 , 221
Songe de Boccace ,   295. 296.
    Drolatiques de Pantagruel ,   256
    du vieil pellerin ,   335
    de Poliphile ,   161 , 162
Sophi (le Grand)   87
Sophie ,   III
Sophronie & Olinde ,   76
Sophronime ,   275 (52
Sorel (Charles)   42 , bis. 44 , ~~37~~ 48 , 25
Soffia ,   164
af Soffi (Juan B.)   ibid.
Souhait (le Sieur du)   40 , bis.
Sousa (Manuel Faviay)   133
Splandiano ,   204
Spectacles d'horreur par du Bellay ,   168
Speculations historiques par du Bellay ,   169
Spelte (Ant. ma- Spiridion de du Bellay ,   ibid.
rie) 260 Spironcini (Gini faccio)   268
Stelladoro d'Inghilterra ,   113 , 114
af Straparollo (Francesco)   306 , 307
Stratonica ,   31
Stratonice ,   ibid.
Stuart (Marie)   115 , 116
Subligni ,   102
Subtil Cordouez ,   27
Successos y prodigios de amor de J. Perez de
    Montalvan ,   134
Succez differens par du Bellay ,   169
Sultanes de Guzarates ,   285
Sultane de Perse ,   283
Sumaran Bis- Suplément de Tasse-Roussi-Friou ,   341
cayns -- 119 Sydrac Philosophe ,   157 , 251
Sylva curiosa de Medrano ,   334
Sylvanire histoire comique ,   328
Sylvie de Moliere ,   55
    Syl-

TABLE.

Sylvius (Æneas)   109, 110, 160, 161
Symmicta Leonis Allatii,   156
Sympathie, ses effets.   60
Synode nocturne des Tribades,   41
Syroès & Mirame,   127

T

Tablante de Ricamonte,   213, 214
Table-ronde, Romans à ce sujet,   246, 252
Table-ronde, sa destruction,   243
Tabourot (Estienne)   315
Tachmas Prince de Perse,   127
Talestris,   129
Taliclea,   33, 268
Tallement (l'Abbé)   141
Tamerlan,   55, 126, *bis.*
Tapisseries historiques de du Bellay,   169
Tarascas de Madrit,   137
Tarquinio,   70
Tarsis & Zelie,   67
Tasso (Bernardo) l'Amadigi,   205, 206
Tatius (Achilles)   6 & 7
Taureau banal,   269
Texely (le Comte)   119
Telemacomanie,   275
Telemaque & sa critique,   274, 275
Tellez (Gabriel)   134
Telluccini (Mario)   260, 330, 331
Temple des sacrifices,   336
Teodora Sabia Donzella,   156
Teofilo Folengio,   322
Terrasson (l'Abbé)   277, 278
Teseide di Boccaccio,   297
Tesserant (Claude)   304
Testament de Colbert,   90
Tetons, leur langage,   141

Thea-

TABLE.

Theagenes & Cariclée,   8 , 9 & 10.

Theatre de l'Amour,   60.

Theatre d'honneur & de chevallerie,   173

Theatre des passions & de la fortune ,   61

Theatre d'histoires de Polymantes , 224,   225

Theatro del Hombre ,   334

Thebes & Eneas , Roman ,   251

Themicourt (le Chevalier de)   59

Themiseuil de S. Hyacinthe ,   104. 128

Theodora Sabia Donzella ,   156

Theodorus Prodromus ,   14

Theophile Roman en vers ,   252

Theophraste ,   45

Theseus de Cologne ,   191

Thewrdanc ou Maximilien I.   118 , 218

Thibault (Mr)   329

Thiebaut de Mailli ,   227

Thomas Morus ,   270, 271

Tibulle , ses Amours.   71

Tideric ,   114

Tiel Wliespiegle ,   226, 323

Tilpin *voyez* Turpin.   182

Timandre ,   46

Timoneda (Juan de)   129 , 130 , *ter.*

Tirante el bianco ,   192 , *bis.*

Tirsis y Tirseo ,   24

Toblante de Ricamonte ,   213

Toilette galante de l'Amour ,   143

Toison d'or ,   335. 340

Toledan ,   65

Tombeau de la mélancolie ,   322

Tombeau des Romans ,   3

Tormes (Lazare ou Lazarille) 261, 323 , 324

Torquemada (Antonio de) ,   214, 314

Torre (Carlo)   32 , 271

Torreti (Gio. Batt.)   32

Tour tenebreuse ,   285

Tour

TABLE.

Tour des miroirs par du Bellay,   169

Tour Hotman,   74

Tour Landry (Geoffroy de la)   223

Tournemir (Comtesse de)   103

Tourniol ,   41

Tournon (Mademoiselle de)   55. 80

Tournoy ou tournoyèment de l'Antechrist, 232

Tours de Maître Gonin,   340

Trabajos de Persiles.   16

Tragedia Politiana ,   22

Tragici auvenimenti di Amilcare di Cypri , 217

Tramessino (Michiele)   204

Trapesonda ,   185

Travaux d'Aristée ,   45

Travaux sans travail ,   336

Trebisonde sa conquête ,   185

Tremouille (Louïs de la)   222

Tresor des Amadis ,   207

Tribades-Lemanes ,   41

Tribunal de Venus ,   333

Tribunal espantoso,   137

Trimouille (Louïs & Charlès de la)   222

Triomphe de l'amitié ,   146, 154

         des neuf Preux ,   194, 195

         de la raison ,   60,

         de l'Abbaïe des Cornards ,   324

Tristan (le Sieur)   326

Tristan & Iseulte ,   179 . 252

Tristan dit le Bret ,   252

Tristan de Leonois ,   174, 179, 252, *bis.*

Tristan & Galaad ,   252

Trivultio ,   30

Troilus ,   253

Trois Contes d'Atropos & de Cupido ,   309

Trois fils de Roi de France , d'Angleterre & d'Ecosse ,   220

Trois Maries , Roman ,   157 , 236

Trois

TABLE.

Trois Grands , Alexandre , Pompée , Charles-
   Magne ,   220
Trois Pelerinages , Roman ,   158
Trois Preux ,   252
Trois Rois , leur Hiftoire ,   156,
Trolio & Grifeida ,   217
Tromperies des Prêtres ,   265
Tromperies de ce Siecle ,   262
Troyens & Grecs , leur Hiftoire ,   237 , *bis.*
Troyes , fa deftruction ,   218 , 243
Troyes , Roman ,   252 , 253
Troyes (Hiftoires de)   236
Tullia d'Aragona ,   193-331
Tullie fille de Ciceron ,   71
Turenne Vicomte ,   90
Turpin l'Archevêque ,   182
Tyrannie des Fées ,   283
Tyffot de Satot   339

V

Valentin & Orfon ,   191 , 225
Valentinian (Theodofe)   38
Valette (Rouffeau de la)   120 , *bis.*
Valiere (Ducheffe de la)   86
Valife ouverte ,   146
Valle (le fieur de la)   154
Valvafone (Erafmo)   190
Vengeance d'Alexandre ,   229
Vannel ,   57 , 74 , 86 , 133
Vargas (Bernardo de)   200
Varia Fortuna del Soldado Pindaro ,   133
Varietez hiftoriques par du Bellay ,   169
Vaumoriere (Pierre d'Ortigue de) 64 , *ter,* 65
     82
Vayer Boutigni ,   67
Ubeda (Fr. Lopez de)   64
Udine (Hercole)   17 , 18
     Vega

Vega (frey Lopès de) - - - - 133

Vega (Joseph dela) - - - . 137

Veglia di Loredano - - - 308

Vendanges de Bretigui . . . 154.

Vordu (Blas) - - - . 132.

Verger hystorique de DuBelley . 162

verité des fables - - - . 68.

veritez en petits contes - - . 318

Vervin (Louis de) . - - 326

Veuve en puissance de Mari - - 155

viage del Parnasso - - - 337.

vialart (Charles) - - - . 337

victoire et triomphe d'argent 315.311

Victoire de L'amour - - - 154

TABLE.

Vega (Bernardo de la)　　　　　25
Vega (Garcilaso de la)　　　136 , 326
Vega (Lope de)　　　　　333 , ~~bis~~.
Veillées de Thessalie ,　　　　　61
Velas (Balthazar Matteo ,　　　334
Velasco (Alfonzo de)　　　　ibid.
Venda Reine de Pologne ,　　　119
Vendetta di Ruggiero ,　　　　189
Venette (Jean)　　　　157. 236
Vengeance contre soy-même ,　　318
Venus dans le Cloître ,　　　　267
Venus en belle humeur ,　　　319
Venus la Populaire ,　　　　263
Vera ,　　　　　　　132
Vera (hurtado de la)　　　　158
Verdier (Gilbert Saumier du)　33 , 47 , 50 , 127
Verdier (le Sieur du)　　210 , 219 , 337
Verdugo ,　　　　　132　*Vevelius 12t.*
Vergi (la Comtesse de)　　76 , 129
Vergier , ses Contes ,　　　　318
Vergine Parigina ,　　　　34
Vergy Comtesse ,　　　　76 , 119
Verme (Luigi Conte del)　　　30
Vernassal (François de)　　　210
Versailles , sa description ,　　67
Vert-Galant ,　　　　　138
Verville (Beroalde de) 39 , bis , 40 , ter , 162 ,
　　　　　　　318 , 336
Vestales , leur Histoire ,　　　72
Vestales , leurs Anecdotes ,　　70
Veuve Venitienne ,　　　　111
Veuve charitable ,　　　　172
Ugolini (Gaspar)　　　　35
Viard ,　　　　　　47
Vida y muerte de Cortesanos ,　　270
Videl ,　　　　　　46
Vie d'Adam ,　　　　155, 156
　　　　　　　　Vie

TABLE.

Vie d'Armelle Nicolas, 170
    d'Antoinette Bourignon, 171
    de l'Amiral Coligni, 88
    de Madame Guion, 171
    des Moines, 265
    des Ducs de Normandie, 226, 227
    du Chevalier de Rohan, 92
    du Vicomte de Turenne, 90
Vieri (Franc. de) 30
Vignau (le Sieur du) 148
Villalpando de Ossera, 26
Villaquiran, 132
Villars (Abbé de) 53, 76
Ville-Dieu, ~~les Oeuvres~~, 53, 54, 55, 69, 72, 99
Villeneuve (Huon de) 230, quater.
Villiers (l'Abbé de) 93, 279
Vineaux (Siperis de) 230
Vincent (Jacques) 21, 22, 186, 188, 211
Virgile, ses faits, 210
Visions du Doni, 259
    d'Ogier le Danois, 249
    de Mere Sotte, 335
    de Quevedo, 325, 326
Visirs, 124
Vitei Magno, 217
Vitré (Antoine) 24
Ulespiegle, 226
Ulfeld (le Comte de) 120
Universitad de Amor, 134
Université d'Amours, 135
Vœux du Paon, 253
Voyage de Beccafort, 341
    de Campagne de Murat, 58
    du Chevalier errant, 172
    de Cyrus, 276, 277
    d'Espagne, 106

Voyage

51

TABLE.

Voyage au Monde de Defcartes, 339
    de Falaife de le Noble, 328
    de la Reine d'Efpagne, 106
    de Fontainebleau, 146
    de Glantzby, 342
    de Guliver, *ibid.*
    des Indes, 339
    de l'Ifle d'Amour, 141
    de Jacques Maffé, 339
    de l'Ifle Naudely, ou du Prince de
      Montberaud, 276
    au Puit S. Patrice, 159
    des Princes fortunez, 40, 336
    de la Reine d'Efpagne, 106
    de Sadeur, 338
    de Sarendip, 331 *bis.*
    du Vallon tranquile, 144
Voyages Orientaux, 58
Voyageur Aërien, 336, 337
Voyageur fameux, 338
Voiture (Vincent de) 140
Voiture embourbée, 329
Vordac, fes Mémoires, 91
Uranie de Montagathe, 46
Uranie, ou fecours inopinez de la Providence 172
       154
Uranus ou Celion, 241
Urbain le méconnu, 296
Urbano di Boccaccio, 293, 196
Urchard (Thomas) 255
Urfé (Honoré d') 41, 42
Urfé (la Marquife d') 84
Urrea (Hieronimo de) 27, 187, 203
Utopie de Moruf, 270, 271
Wace ou Gace, 227
Warwick (le Comte de) 115
Warwick (Guy de) 122
       Wiftace,

TABLE.

Wistace , 226
Wlespiegle , *ibid.* & 313

X

X ENOPHON , 18

Y

Y OLANDE de Sicile , 113
Ysamberg (fausse Comtesse d') 328
Yvain , son Roman , 253 ~~313~~

Z

Zabara (Christoforo) - 309. ~~321~~

Z AYAS (Dona Maria de) 135
Zayde , 53
Zamiré , Histoire Persane , 127
Zàrah Reine , 117
Zavaleta (Juan de) 136. 334
Zegries y Abencerrages , 214
Zelatychie , 46
Zelotide de le Pays , 142
Zerbin & Isabelle ; 38
Zingis , Histoire Tartare , 97, 126 *bis.*
Zisxa , redoutable Aveugle , 119
Zizime fils de Mahomet II. 113
Zizimi Prince Ottoman , *ibid.*
Zombti du Grand Perou , 129
Zucca del Doni , 259
Zulima de le Noble , 125
Zuniga 27

Zacharie de Lizieux Capucin — 268

Zavaleta (Juan de) - - - - 136

Zoppio - - - - - 331

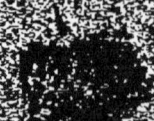

www.ingramcontent.com/pod-product-compliance
Lightning Source LLC
Chambersburg PA
CBHW051820020726
47502CB00005B/1555